集英社オレンジ文庫

おやしろ温泉の神様小町

六百年目の再々々々…婚

倉世　春

本書は書き下ろしです。

目次

イラスト／漣ミサ

おやしろ温泉の神様小町

六百年目の再々々々…婚

一　お待ちかねの祝言

河童《かっぱ》がきゅうりを届けてくれた。

千代《ちよ》の再々々々々々々……三十回目になる、再婚のお祝いらしい。

おやしろ温泉郷最古の宿、『三澄荘《みすみそう》』。

客室が並ぶ廊下に、とっとっとっとっとっと軽い足音が響く。

廊下の突き当たりは、椿《つばき》の絵が描かれた古めかしい襖《ふすま》だ。

「失礼いたしまーす」

すっと開いた襖の奥は二間続きの広い座敷になっており、金屏風《きんびょうぶ》で仕切った手前側で着物姿の老婦人が、何事かぶつぶつ呟《つぶや》きながら桐箱《きりばこ》の蓋《ふた》を開けていた。

「早百合《さゆり》ちゃん、お疲れ様。果物籠《かご》、ここに置いておくね」

足音の主は、メロンや林檎《りんご》やオレンジの詰まった籠を金屏風のそばに置くと、さらに軽くなった足取りでささっと金屏風の後ろにまわった。

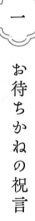

「うわあ、もう、お布団が敷いてある」

目にまばゆい緞子《どんす》の布団は、三澄荘のなかでもこの奥座敷でしか使われないものだ。

照れながらふふっと笑った声の主は、二組の布団のそばを通り抜けるあいだに、浅緋色《あさあけいろ》の着物の袂《たもと》からきゅうりを取りだした。

たいそう立派なきゅうりである。長さは子供の上腕ほどもあるし、色は緑で濃く、とげもくっきりしていて、素手では痛くてつかめないくらいだ。

「おいしそうだけど、丸かじりは無理かな」

くすっと笑ってきゅうりを置いたのは、床《とこ》の間の違い棚の上で、そこには写真立てが並んでいる。大小取り交ぜて十個ほど。色褪《あ》せた銀板写真や手彩色《てさいしき》写真、白黒写真もカラー写真もあるが、すべてこの奥座敷で撮られたものだった。

写っているのは時代ごとの正装姿の男性と、白無垢《しろむく》を着た木人形。

「みんなわたしの旦那《だんな》様」

違い棚に頬杖《ほおづえ》をついて、写真を眺めはじめたのは若い娘で――名前を千代という。見た目の年頃は二十代半ばくらい。籠目《かごめ》模様に小花柄がついた着物に無地の帯を締め、やや赤みを帯びた髪は椿のかんざしを挿してまとめている。

目は大きくぱっちりしており、虹彩《こうさい》もほんのりと赤い。

その千代は、写真を左端から数えつつ、名前当てをはじめた。

「ええと、正蔵《しょうぞう》さん、時宗《ときむね》さん、宗助《そうすけ》さん、亮平《りょうへい》さんでしょ。あとは鉄士《てつじ》さんに、それから……」

正解かどうかは裏返してみれば、ちゃんと男性の名前も、撮影の日付も記してある。

「正蔵さんがハイカラな人でよかったわ。やっぱり写真くらい残してくれないと、百年も前の人の顔なんて忘れちゃうものね。いくら大切な旦那様とはいえ」

ふうっと溜息をついて、いちばん新しい写真立てを手に取る。撮影日は二十年前だ。背広姿で写っている男性は容姿涼やかで、笑顔を見ればその優しさを思いだす。

「俊司《しゅんじ》さん」

写真の顔部分をそっと撫《な》でてから、棚の端っこに戻した。今日、このあとの儀式を終えたら新しい一枚が加わるはずだけれど、千代はまだその相手の顔を知らない。

ううん……正確には、知っているのだけれど、覚えているのは子供の頃の姿だけ。

「お名前は、貴司《たかし》くん。俊司さんの息子で、お手玉が大好きだった可愛《かわい》い坊やよね。最後に会ったのは、もう十年も前かあ……どうせわたしのことなんか見えないだろうし、いろいろいたずらして遊んじゃおうっと」

寝ている枕をひっくり返したり、瞼《まぶた》に墨《すみ》で落書きしたり。あれこれできそうないたずらを想像して、きゃっと笑う。千代の前にあるのは婚礼用の布団であり、金屛風も婚礼用のものだ。

　そして金屛風の向こう側にいるのは――。

　三澄《みすみ》早百合は七十歳。この三澄荘の大女将《おかみ》である。二年前に腰を痛めたため表向きの仕事からは身を退《しりぞ》いたが、三澄の家に伝わる重要な儀式を取り仕切れるものは、この大女将をおいて他にいない。

「小町《こまち》様、おめでとうございます。小町様の祝言のお手伝いをするのは、私の兄のとき、娘婿《むこ》のときに続いて、三度目になりますね」

　そんな女傑《じょけつ》がいま、赤子をあやすような声を出しながら布で磨いているのは、木彫りの人形だった。大きさは人間の幼児くらい。

　裾《すそ》の長い着物姿で両手を合わせた女性の立像で、だいぶ黒ずんでいるため目鼻立ちはあいまいだが、ありがたい由来はその写真とともに、ちゃんと旅館のパンフレットに記載してある。

　応永《おうえい》の頃、当時貧しかった親代《おやしろ》村の土地を潤すため、名主《みょうしゅ》の娘が親代山の水神の人柱に

捧げられました。後に名主の夢枕に立った娘が「庭の大岩のたもとに椿の実を植えてください。皆さまのお役に立ちましょう」と告げたためにそのとおりにしたところ、椿の育ったところから大岩が割れ、温泉が湧きだしました。温泉に浸かった名主の妻の病が癒《い》え、親代村で働く農民たちの怪我や病気もたちまち癒えたため、人々は感謝を込めて椿の木で娘の姿を彫り、また娘が美しかったことから『小町様』と呼んで信仰するようになりました。

小町御前人形　一四〇〇年代？　作者不詳　材質・椿

という。普段、飾ってある床の間には賽銭《さいせん》箱も設置しているのだが、祈ったからといって特になにに効くという謂《いわ》れもないからか、中身が満杯になったことは一度もない。

しかし、代々温泉旅館を生業《なりわい》にしている三澄家にとっては、この上なくありがたい守り神様だ。その加護を存分に受けるために当主が『小町様』と祝言をあげるという習慣は、何百年も前から続いていた。早百合は専用の桐箱から襦袢《じゅばん》や掛下《かけした》や小物などを取りだしては並べ、木人形に語りかけながら着せつけていく。

「孫息子の貴司は二十二歳になりますが、都会の大学を卒業して立派になって帰ってきました。小町様の夫として、当主として、ちゃーんとこの旅館を盛りたてていってくれますよ。あの」

（ろくでなしの娘婿とは違って）

つつましく口を噤《つぐ》んで堪《こら》えたものの、小町様ほどの守り神であれば、大女将の内心などお見通しかもしれない。

めでたい日を愚痴《ぐち》で汚したくなかったため、早百合は「ほほほ」と軽い笑いでごまかして掛下姿に文庫帯《ぶんこおび》を締め、打掛を羽織らせる。

おしまいに綿帽子を広げて被せれば、立派な花嫁御寮《ごりょう》の出来上がりだ。

「おきれいですよ、小町様」

先々代の娘として女将業を引き継いでから五十年も世話をしてきた守り神だ。木彫りの人形とはいえ家族同然、娘同然に愛着が湧いている。長い年月、愚痴を聞いてもらったこともあれば、奥座敷で悔し涙を流すあいだ、そばで見守ってもらったこともある。

だから早百合としてはいつまでも小町様の世話をするのにやぶさかではないのだが……

近年、持病の腰の痛みが廊下を行き来するのも耐えがたいほど悪化しつつあった。

空になった桐箱の蓋を閉じてから、眦《まなじり》の涙を払うと、白無垢姿の小町御前人形に向き直り、手をついて深々とお辞儀をする。

「今宵《こよい》の婚儀、まことにおめでたく存じ奉《たてまつ》ります。小町様と孫息子の祝言をありがたく見届けさせていただいたあとは、この早百合はお役目を退いて、ハワイに行かせていただきますよ。いえね、お医者の話ではこの腰には冷えがいちばんよくないっていうんで、いっそ暖かい南の島へ引っ越してみたらどうかと幼馴染《おさななじみ》が勧めてくれるものでねえ……」

大女将の独り言が延々と続いている奥座敷の、一つ手前の客間。

若女将である三澄由美子《ゆみこ》は、実の息子に紋付き袴《はかま》を着せつけていた。

若い頃から女将になるための修業を積まされてきたため、和装の着付けなどはお手の物だ。てきぱきと手は動くのだが、動作に迷う必要もないぶん口も動くようで、

「母さんの時代錯誤《さくご》にも困ったもんだわ。古くさい木人形と孫息子を結婚させたらお客様が戻ってくるっていうの？　ちゃんちゃらおかしいわよ。うちのお客様が減ったのは、どっかの馬鹿《ばか》男がお客様に手を出したっていう悪評が広まったからじゃない！　イメージ改善のためにも、古い施設を改装して出直すべきだって何べんも言っているのに、あのババアったらちっとも耳を貸しやしない。でも……とりあえず、今日をしのげばババアはハワイへ引っ越して、しばらく戻ってこないつもりなのよね。いいこと？　貴司。あんたもこんな儀式なんてバカバカしいと思うでしょうけれど、今日だけはおばあちゃんにつきあって言うとおりにしてあげなさい。ついでに小町様のお告げがありましたとか言って、おば

あちゃんを改装に乗り気にさせるのよ、わかった？」

紋付き羽織に袖《そで》を通させて、襟《えり》を整えようと息子の顔を見あげたとき、目線の位置が思いがけなく高かったので息を吞《の》んだ。

貴司は由美子の一人息子だが、本人たっての希望で中学から全寮制の学校に進んだために、この十年、ほとんど顔を合わせてこなかった。盆暮れの休みは帰省しても、家業の旅館が忙しいせいで話をするどころではなかったし、高校生になってからは長期の休みのたびに、どこぞのリゾートホテルで住み込みのアルバイトをしているとかで、徹底的に家に寄りつかなかったので、由美子は息子には家を継ぐ気がないのだと思い、自分の代での廃業も覚悟していた。

それが思いがけず――さらりと帰ってきたのである。大学の卒業式を見に行ったおり、件《くだん》のリゾートホテルに就職が決まっていると聞かされて安心はしたものの、むかついて（なにしろ相談の一つもなかったので、親をないがしろにするにもほどがある）思わず『おばあちゃんはあんたに小町様と結婚して、当代を継いでもらいたがっているのにね』と言ってしまったのがよかったのかどうか。それから三か月経《た》ったつい一昨日のこと、荷物満載の軽自動車が三澄荘に横づけされ、運転していたのは貴司だった。帰ってきた、という。

リゾートホテルは辞めたし、住んでいたところも引き払ってきた、と。

(なにを考えているのかわかんない子だわ)

もしかして就職先に馴染めなかったのだろうか。いじめられたりしたとか。大事な一人息子のこと、何歳になっても心配になる気持ちは変わらないわけで、

(元気で帰ってきてくれてよかった)

鼻歌でも歌いだしそうな気持ちで羽織紐《ひも》を留める。

白く丸い房のかたちを整えているうちに、この正装は息子の成人式のためでもなんでもなく、腹立たしい儀式のためだと思いだして手がとまりかけたが、

「……どうかした?」

息子の穏やかな声。父親そっくりの声にはっとして振り仰ぐ。

やや癖のある茶色の髪。色白の優面《やさおもて》は間違いなく父親似で腹立たしいばかりだ……が、可愛げがないと自覚のある由美子のきつい顔に似るよりはよかったかもしれない。

溜息をついて、皺《しわ》ひとつなく整った襟元をぽんと叩いてやり、

「……ま、がんばんなさいよ」

諦《あきら》め交じりに言うと、息子はそこだけ母親似の薄い唇に笑みを浮かべて、頷《うなず》いた。

時刻は夜十一時。二組しかいない宿泊客はとっくに部屋に引き取り、旅館全体が静まり返っていた。

それでも由美子はできるだけ音をたてないように着替え部屋の引き戸を開けた。貴司が廊下に出てくるのを待って、戸を閉め、深呼吸して奥座敷に向かう。

目指す襖はすぐ隣だ。隙間《すきま》からオレンジ色の光が洩《も》れている。由美子は息子とともに椿の絵の正面に正座すると、姿勢を正して「申しあげます」と声を張った。

「うら若き乙女の御身で守り神となられた小町様にお尋《たず》ね申しあげます。我が息子の貴司、歳《とし》は二十二、財も才も持たぬつまらぬ身ながら小町様の夫となり、そば近くお仕え申しあげたいと望んでおります、いかに？」

襖の向こうから声が応じる。大女将の早百合だ。

「小町様は花も恥じらう乙女ゆえに、代わりに婆《ばば》がお応《こた》え申しあげます。諾、と」

由美子は襖を少しだけ開いてから両手を添えて開けた。

廊下にまで光が広がり、奥座敷のなかの様子がはっきり見える。

仕切りの襖が閉じており、その前に金屏風が広げられていた。婚礼用の赤座布団。向かって左手側は空いているが、右手側の――新婦の座布団に鎮座ましましているのは、白無垢姿の木人形。焚《た》きつけにしてやりたい気持ちを堪えながら、あくまで品よく若女将らしく貴司を新郎側の席へ導き、座らせる。貴司はなにを考えているのかよくわからない顔で、手にした扇子《せんす》を目の前に置き、一礼した。由美子の母であり、大女将の早百合は木人形の傍《かたわ》らに正座したまま、動くつもりがないらしい。しきりに目配せしてくるので仕方がなく由美子が金屏風の裏側にまわり、仕切りの襖を開けて奥の間に入った。

まっすぐ床の間に向かうものの、違い棚が気になって目をやる。代々の当主の写真を見たとたんにむかつきが蘇《よみがえ》ったが、お供えのように置かれた特大のきゅうりはいったい何なのだろう。

「……」

きゅうりを見つめて思考が止まった一瞬、

「ゆーみーちゃんっ」

明るい声で、どこかから呼ばれた気がした。はっとして振り向いたが、もちろん奥の間には誰もいない。緞子の布団が二組敷いてあるだけだ。

孫息子に布団の上で、木人形相手になにをさせようというのか、あのババアは。

隣から咳《せき》払いが聞こえた。早百合が急《せ》かしている。由美子は文句を呑みこんで床の間に用意されていた盃台《さかずきだい》と銚子《ちょうし》を取りあげ、もとの座敷に引き返した。

「夫婦固めの盃でございます」

由美子が差しだした小さな盃を貴司が両手で受けとり、銚子から三回に分けて注がれた酒を二度、盃に口をつける振りをしてから、三口目で一息で飲み干す。

（そういえばこの子、お酒は飲めるのかしら）

息子を案じつつも、儀式は続いていく。貴司が干したあとの盃を早百合が受けとり、木人形に飲ませる振りをする。盃は大中小と三枚あるのだが、二枚目の盃は早百合が先に受けとり、これもまた木人形に飲ませる振りをしてから貴司に渡した。三枚目の大きな盃に注いだ酒も貴司は三口目で一息に飲み干したが、ほんの少し頰が染まったところを母親は見逃さない。

（酔っちゃったのねえ。振りだけでいいっていうのに）

息子の生真面目さに少し呆《あき》れ、ほっとする。酔っぱらって寝てしまえたなら、忌々《いまいま》しい儀式もあっという間に済むだろうから。早百合のほうは、無事に三献《さんこん》の儀を終えたことにほっとしたらしく、着物の袖で眦を拭《ぬぐ》ってから、姿勢を正して宣言した。

「小町御前様と当代、三澄貴司のめでたい日を寿《ことほ》ぎ、一節謡《うた》わせていただきます……『た～か～さ～ご～や～～～～ぁぁ』……」

高砂《たかさご》や　この浦舟に　帆を上げて　月もろともに出《い》で汐《しお》の

波の淡路《あわじ》の島陰《しまかげ》や　遠く鳴尾《なるお》の沖過ぎて　はや住ノ江《すみのえ》に着きにけり

（この町に海なんかないし、船なんか乗ったこともないっつーの）

冷めた気持ちで長唄を聞きながら、由美子は長かった一日の疲れにあくびをした。可愛い息子はと見れば、相変わらずの能面顔を保ちつつも、時折目線が動いたり、口元をむずむずさせたりして落ちつかない様子だ。

（若いんだもの、無理ないわよねえ。あたしも早くこんな辛気臭い座敷から抜けだして、お風呂に入りたいわ）

二度目のあくびを噛《か》み殺したとき、目の前に置いてある銚子が、触れてもいないのに『カタッ』と音をたてて動いた。由美子は気にも留めなかったが、それと同時に、高砂席の貴司が呆れたように目を伏せて、溜息をついている……。

「あ、ぶつかっちゃった」

足元でカタン、と音をたてた銚子を覗《のぞ》きこむ。お酒がこぼれていなかったので、千代はほっと息をついた。気を取りなおして舞を再開する。

せっかくのおめでたい唄をただ聞いているのも芸がないため、舞ってみていた。自分の祝言だけではなく、過去に旅館で行われたお客様の祝言を何度も見てきたため、見よう見まねで覚えた振りを踊っている。

下手でも誰も見るものがいるわけでもなし、気持ちよければいいのだ。

「たーかーさーごーやぁーっと……貴司くん、扇子借りるね」

新郎が膝《ひざ》前に置いた扇子を掠《かす》めとり、さっと広げて舞を続ける。

由美子は興味なさそうにあくびをしているだけなので、気づきっこない。早百合は唄に夢中だし、ふんふんふーんと歌詞のわからないところは鼻唄でごまかしながら気分よく踊り、広げた扇子を庇《ひさし》にした下からちらりと新郎を見たとき……ぱちりと、目が合ったような？

（ま、まさかね）

普通の人間に、千代の姿は見えない。小さな子供相手なら言葉を交わしたり一緒に遊んだりできることもあるが、少なくとも六百年のあいだ、祝言をあげた男性のなかに千代が見えていたものは一人もいなかった。

でも……目が合ったと思ったのは一瞬だけで、それから貴司はどこを見ているのかわからない茫洋《ぼうよう》とした眼差《まなざ》しで、無表情を保っている。ということは、

（扇子に気づいただけ、かな？）

持参の扇子がいきなり宙に浮いてひらひら舞いはじめたら、それは驚いて当然だろう。

慌《あわ》ててぱちんと扇子を閉じ、もとの場所にそっと戻した。謡《うたい》は続いているものの踊る気は失くしてしまったため、しゃがんだ膝に頬杖をついて新郎の顔を見つめる。どんなに行儀の悪い格好だろうと、相手からは見えないのだから平気の平左《へいざ》だ。

（貴司くん……こんな顔だったっけ？）

千代の記憶にある十年前、貴司が中学校にあがる直前くらいは……いつも仏頂面《ぶっちょうづら》で、声をかけても不機嫌そうで、まったく愛嬌《あいきょう》のない少年という印象だったが、いま落ちついて座っている姿を見る限りは強面《こわもて》というわけでもなく、むしろ優しげな面立《おもだ》ちだ。

「俊司さんに似ているねえ」

ぽろっと洩らした言葉が謡の終わりと重なり、奥座敷によく響いた。とはいえ、千代の声がほかの三人に聞こえるはずはなかったが——貴司の薄い唇の端がひくっと震える。もの言いたげな様子に見えたので、千代は首を傾《かし》げた。

大役を終えた早百合が満足そうな息を洩らし、畳に両手をついた。

「これにて祝言の儀はお開きとなります。小町様と当代が、幾久しく仲睦《むつ》まじく過ごされますよう」

由美子も頭を下げ、銚子と盃を持って席を立とうとしたが、「あ痛たた、あー痛い、由美子ちゃん、手を貸してちょうだい」という大女将の威厳もへったくれもない要望により、慌てて酒器を置いて早百合のもとに向かう。大女将に肩を貸しながら座敷を出ていくとき、貴司に真顔で「今夜だけだからね」と言いおいていた。

（なんのことかな？）

千代はまた首を傾げたが、もともと深く考えたりしない性格だ。出ていく二人に手をひらひら振って見送ってから、少し緊張しつつ高砂席を振り返る。

貴司と、白無垢姿の木人形。相手に自分が見えていなかろうと、祝言のあとの二人きりというのは何度くり返しても気恥ずかしいものだ。

「わー、どきどきしちゃう。ほんとうに貴司くん？　大きくなったねえ」

千代は籠目柄の袂で顔を隠しながら貴司に近づき、優しげに整った面立ちをまじまじと見つめた。

「かっこよくなっていて、ちょっとびっくりしちゃった。最後に会ったのはきみが小学生のときだから、十年ぶりだものね。わたしのことはきっと覚えていないだろうけれど、わたしはね」

すいっと貴司の手が動いたので、言葉を呑んだ。貴司は由美子が置いていった酒器の盃を持ちあげ、残っていた少しの酒を飲み干すと、空の底を見つめながら口を開く。

「お久しぶり、千代さん」

「へ」

千代が固まる。周りをきょろきょろしても、奥座敷に残っているのは貴司と木人形と、自分だけだ。

「あなただよ、千代さん」

と、貴司は小さな盃を支える手で千代を指し、

「僕が赤ん坊の頃から三澄荘で働いてくれていて、昔はよく一緒に遊んでくれた千代さん。会うのは確かに十年ぶりだけれど、昔のままちっとも変わっていなくて嬉《うれ》しいよ。どうして今日、僕と小町様の祝言の席にあなたがいるのかわからないけれど」

「ど、ど、どうしてって……」

後ずさりした千代は、椿柄の襖に逃げ道を塞がれ、動揺した。貴司の眼差しはしっかりと千代を捉《とら》えていて、逃がすまいという強い意志さえ感じる。

紋付き羽織袴姿の貴司……の隣にいる、白無垢姿の木人形。

(わたしがその小町様だからですよー!)

……と、白状したら信じてもらえるものだろうか?

(まあ、無理よね)

悩む間もなく結論に達してしまい、自分で自分にしょんぼりした。この三澄荘の守り神、

小町御前のご神体である木人形は白無垢をまとって鎮座ましましているが、その中身というか……神本人であるところの千代は、前掛けこそ外しているものの普段と変わらない仲居姿だ。帯揚げくらいきれいな色にしておくんだった……と後悔してみても、もう遅い。

せめて、お気に入りの椿のかんざしがちゃんと挿さっていればと触って確かめてみるあいだも、貴司の目は油断なく千代の動きを追っていた。

（貴司くんは大人よね？　二十歳《はたち》過ぎよね？　なのにどうしてわたしが見えるのかなっ？）

千代は……いちおう三澄家のなかでは守り神として崇《あが》められる立場だが、一般的な人間にとっては魑魅魍魎《ちみもうりょう》、妖怪の類《たぐい》だ。小さな子供には見えるのに、大人には見えにくいという特徴は座敷童《ざしきわらし》に近いらしいが、当人としてはそう呼ばれたくない。

（だって、わたしは祝言をあげられるほど立派な大人なんだから。童子《どうじ》じゃないもん）

ともかく——普通の大人なら見えないはずの千代の姿を、貴司はなぜか見えてしまっている。これは由々しき問題だった。もちろん千代は普段からちゃんと旅館の仕事を手伝っていてタダ飯を喰《く》らっているわけではないので、己の存在に恥じるところなどないものの、

（貴司くんにわたしの正体は小町様だとばらしたとするでしょう？　そうすると祝言の続きをしなきゃならなくなって、そうすると）

これまでの祝言では、相手が同じ部屋のなかで眠っていようが一晩中酒盛りを楽しんで

いようが、千代はふざけながら時間を潰しているだけでよかった。

でも、貴司に千代が見えているとなると……。

隣の部屋には二組の布団。

ごまかそう、と、決めた。

「お、大女将さんに頼まれたんです！　祝言の、そう、付き添いを！　貴司く……貴司ぼっちゃまが奥座敷で一人でおやすみになるのは心細いんじゃないかなーってご心配のようでしたので、それで！」

「一人じゃないよ、小町様と一緒だし」

貴司はさらりと言ってのけ、隣の白無垢人形に流し目をくれた。切れ長の目は睫毛《まつげ》が長く、虹彩の色がほんのり青みがかっていて、千代は思わずぽーっと見惚《みと》れてしまう。

（そういえば……ほんの小さい頃から、お顔は女の子みたいに可愛らしかったものねえ。あの子が大きくなるとこうなるのかあ、へえ）

こちらが見えてさえいなければ、もっと近くでまじまじと美形を堪能《たんのう》できるのにと思うと、大変に悔しい――……などという守り神の内心を知るわけもない貴司は、まだ中身の残っている銚子を手に取り、空の盃に注ごうとして、ふと手を止めた。

「あなたも飲む？」

落ちついた視線は、紛うことなく千代に向けられているのに、まだ慣れない。

「わ、わたしですか？」

「そこにいるのにいない振りをして、一人で酒盛りなんかできないし。だったら一緒に飲んだほうが落ちつくだろう。よかったらこちらに座って、どうぞ」

手招かれるまま金屛風の前に腰を下ろし、渡されるまま両手で盃を受けとる。貴司が手ずから注いでくれた酒に、特に断る理由も思いつかないまま口をつけた。一口飲んで、思わず息が洩れる。

「……おいしい」

早百合が今日のために用意したとっておきの酒だからだろうか。それとも誰かに注いでもらって飲むのがはじめてだからだろうか。濁《にご》りのない香りと甘みにうっとりして、注がれた酒を三口で飲み干してしまった。

「よかった。じゃあ、こちらでももう一献」

貴司はほかの盃も千代に手渡し、酒を注いでくれる。勧められるまま大盃まで傾けるうちにほろ酔いになってきた千代は、桃色に染まる視界のなかで、穏やかに笑む貴司の姿がぐるぐる回っていくのを感じた。顔立ちはきれいで整っているし、振る舞いも親切で優しそうだし、このひと——なかなか、

（いいかもしれない）

意識したとたんにかあっと頬が熱くなってしまい、慌てて空の盃で顔を隠す。

（やだ、もう。わたしのほうがずっと年上でしょ。おまけに貴司くんにとっては従業員の千代さんなんだから、しっかりしなさい）

でも、酔った顔を見られるのが恥ずかしい。盃の陰から様子をうかがっていると、貴司は手酌《てじゃく》で盃を傾けていたが、銚子の中身が空になったのに気づいて、酒器を戻した。

「さて」

と、膝を崩して立ちあがろうとする。千代は思わず訊《たず》ねた。

「どうなさったんですか？」

「どうなさったもなにも、今夜は僕と小町様の祝言だよ？　固めの盃を交わしたあとにも、しなきゃならないことは残っているはずだよね」

「と、いうと」

首を傾げた千代の前で、貴司はおもむろに白無垢姿の木人形に向かって軽く手を合わせると、赤ん坊をすくうように白無垢ごと持ちあげ、金屏風の裏へまわった。

すらりと襖を開き、奥の間へ。

二組敷いてある緞子の布団の片方にそうっと木人形を横たわらせ、その上に覆《おお》いかぶさって両手をつく。流れるような自然な動作だったが、千代は仰天した。

「な、に、を、なさるおつもりですか！」

「なにをって、結婚だよ？　前に儀式をやった父親が出奔《しゅっぽん》してしまっているから詳しいやり方は知らないけれど、布団で一緒に寝るとは聞いている。あとは……まあ、僕も経験不足は否《いな》めないけれど、なんとかなるんじゃないかな」

かたちのきれいな長い指で綿帽子の縁をなぞり、木人形の上に身を屈める。黙っていられず、千代は羽織の襟をわしづかんで真後ろに引っぱった。

「待って、待って、待ってー！」

「なんだよ、千代さん。きみは付き添いというか……いわゆる見届け人なんだろう？　首尾よくいったら声をかけるから、屏風の裏で待っていればいい」

「なんの首尾ですか！　っていうか、小町様の上に乗っかってなにをしようとしていらっしゃるんですか！」

「とりあえずキスかな。その先はまあ、なりゆきで」

「キスなんてだめです、なりゆきもだめ！　小町様は三澄荘を守るご神体なんですから、軽々しく触れるのはいかがなものかと思います！」

「結婚しろっていうのに、キスも許されないのか」

「いままでそんなことをなさったかたはいませんから！　祝言のあとは、皆さんおとなしく朝まで布団のなかでじっとしていらっしゃいましたから！」

「詳しいんだね、千代さん」

　急に貴司が抵抗をやめたので、千代は布団の上に尻もちをついた。貴司は静かに千代を振り返り、あくまで穏やかな口調を崩さないまま訊ねる。

「前にあった祝言は二十年前……僕が二歳の頃のはずだけれど、そのときも付き添いを任せられていたの？」

　さらに目元の笑みを深くして、

「いったい千代さんは、何歳なんだろう？」

「な、何歳って」

　とっさにごまかそうにも、貴司の青みがかった目はなにもかも見通しているようで、うまい言い訳が出てこない。

（わたしが水神様の人柱に差しだされたのが十四歳のときでしょ。それがええと、応永の頃だから）

　もとは人間だがいまは神様なので、神様としての本体は別に存在している。もともとの年齢は十四歳とはいえ、三澄家の当主と結婚するようになり、守り神として家の仕事を手伝うにあたって子供っぽい姿ではたまに問題が起こったため（それこそ仕事中の姿を子供に目撃され、座敷童と間違えられるとか）、ちゃんと大人に見える二十代半ばのいまの姿をとるようになった。

だから現状の見た目と本来の年齢は関わりないわけだが――……おやしろ温泉は今年で開湯六百年。つまり、千代の年齢は六百十四歳……くらい。

（なんて、言えるわけないでしょー！）

とりあえず年上の威厳だけは崩すまいと、布団から転がるようにして立ちあがり、裾の皺を伸ばした。驚いたような顔をしている貴司をびしりと指さして、

「じょ、女性に年齢を訊《き》くなんて失礼ですよ！　貴司ぼっちゃま、世の中にはやっていいことと悪いことがあるんですからね！　千代はこれで、失礼いたします！」

「え？　待って――……」

「待ちません！」

（ていうか、待てません！）

これ以上貴司のそばにいたら心がかき乱されて、守り神どころかたたり神になってしまいそうだ。貴司の指が触れそうになった袂を抱え込んで、全速力で前の間に飛びこみ、廊下に駆けだす。

非常灯の灯《あか》りに照らされた廊下は暗く静かで、いつか見た洞窟《どうくつ》のなかのようだった。

（あああ、大事な儀式なのに）

祝言の儀は、夫婦が共寝して夜明けを迎えたところで成立するため、まだ途中だ。小町御前が三澄荘の守り神でいるために必要な契約なので、どうしても逃げるわけにはいかない。わかっているけれど……、

「ちょっと……落ちつかなきゃ。気晴らしに、働いてこよう……」

考えなければならないことが多すぎるので、とりあえず、体を動かそうと決めた。

＊

労働は尊い。六百余年生きた結論は、これである。

床は磨けば光るし、洗濯ものは洗えば白くなるし、きちんと畳むと気持ちがいいし。

（やっぱりこの格好よねー）

赤い前掛けに、たすき掛け。蝶々《ちょうちょう》結びで袂をきっちり押さえこむと、気が引き締まるというかなんというか。

（頭がすっきりして、落ちついてきたわ。乾燥機が停まる頃には奥座敷に戻れそう）

ごうごうと回るガス式乾燥機の音を聞きながら、千代は脱衣所の床に箒《ほうき》がけをしていた。浴室床のブラシ掛けと洗面器と椅子《いす》の洗浄はとっくに済ませ、鏡の水気も落とし済みだ。

てきぱきと身の回りが整っていくにつれて、頭の整理もできてきた。とりあえず、

（わたしは小町様）

これが大前提だ。生まれつきの神様などという恐れ多いものではないが、小町御前人形の由来に出てくる水神の人柱に捧げられた娘というのが、千代のこと。

当時は戦乱を逃れて村に逃げこんでくる人が多く、土地が足りなかった。

新たに田畑を拓《ひら》いてもそこに引き込む水が足りず、人々は巫女《みこ》に相談した。

すると、水を増やすためには親代山に住まう水神に人柱を捧げればよい、という。

千代はくじ引きで選ばれ、人柱になった。人柱として出会った水神と仲良くなり、眷属《けんぞく》に迎えられたことで神の仲間入りを果たしたものの、当人としては人間だったときとさして変わらない心持ちのまま、神の世界――神域で、楽しく遊んで暮らしていた。

なのに、あるとき――声が届いたのだ。千代を呼ぶ声が。水神の力で故郷を見せてもらうと、実母が病に臥《ふ》せっており、床のなかで水神への祈りと千代への謝罪をくり返していた。娘を人柱に捧げたことを悔やみ、悲しみのあまり病気になったらしい。放っておけず、どうしたらいいだろうかと水神に相談すると、

——あたしは放っておくべきだと思うけどね。人間なんて短い命しかないくせに、一つ願いを叶えたらその先は際限ないんだから。でも、あんたがどうしてもっていうんなら……自分でなんとかしてみたら？　神威を顕現《けんげん》するためには依り代《よしろ》が必要なの。あんたは水神の眷属だから、石とか鋼とかじゃだめ。地下の水を通して力を与えられるように、植物でも植えさせりゃいいのよ。

助言に従って父の夢枕に立ち、椿を植えるように頼んだ。植えられた種に神威を送りこんでみるとあっという間に木は大きくなり、そばの岩を割って、割れたところから温泉が噴きだした。温泉に浸かって母親の病気がよくなり、ついでに親代の村人たちも温泉の恩恵にあずかって喜んでくれたので、そこでめでたしめでたし——と、おしまいになるはずだったのに。

（わたしを知っている村の子の誰かが、椿の木を使って人形を彫ってくれたのよね）

小町御前人形は、いまとなっては古びて目鼻立ちもあいまいだが、たぶんかつての千代の姿によく似ていたと思う。千代の神威で育った木に千代の姿を彫ったのだから、ご縁が深くなるのも当然で、小町様と呼ばれ、信仰されるようになってとうとう、水神の眷属である千代は親代の里の守り神として定着させられてしまった。

（もちろん、そこから六百年間も大切にしてもらったんだから感謝の気持ちはあるし、温

泉旅館の仕事も好きだから続けられているのよ）

　つまり、いまのところ小町御前のお役目を退く気はない。ということは、

（たとえ貴司くんに見られていようと、わたしのするべきことは同じ。とにかく今夜の祝言さえ乗り切ったら、あとはこれまでどおりにがんばるのみっ）

　えいえいおー、と、洗面台を磨くスポンジを掲げてやる気を新たにしているとき、浴場の戸ががらりと開いた。バスタオルを持った由美子が、千代が立っている場所も含めて脱衣所内を見まわし、ほっと息をつく。

「誰もいないわね、よかった」

「ゆみちゃん、お風呂？」

　千代は明るく訊ねる。由美子たちが暮らす母屋《おもや》にも風呂くらいあるはずだが、この女将は溜めこんだ仕事の疲れを温泉で癒やすのが好きらしい。

　由美子は脱衣籠を手に取り、籐《とう》の網目の隙間までぴかぴかに光っていることに気づいて、感心したように目をみはった。

「あら、きれいにしているじゃない。働きものの子がいるのかしらね」

「えへへー」

　ついさっき籠を磨いたのは千代なので、褒められると嬉しい。

にまにましながら近づいていっても、由美子はいっこうに気づく様子はなく、ぶつくさ文句を言いながら髪を解いて、服を脱ぎだした。

「まったくあのババア、さっさとハワイでもどこにでも行っちまえっていうのよ。こっちは大事な一人息子を差しだしたんですからね、これからはあたしの好きにさせてもらう……」

補正下着を外したとたんに豊満な胸がこぼれだす。千代は思わず自分の胸元と見比べ、嘆息してしまった。

「大きくなったねえ、ゆみちゃん」

「ん?」

視線を感じたような気がして、由美子は辺りを見回したものの、もちろん脱衣所には誰もいない。乾燥機はそろそろ終わりそうな音を立てていた。

「疲れてんのかしら、まったく」

由美子は手拭《てぬぐ》いを取ると、千代に背中を向けて浴場に入っていった。

「ごゆっくりどうぞ」

声をかけても、やっぱり振り向きもしないし、声が聞こえている様子もない。

(貴司くんもそうだったらいいのに)

奥座敷に戻ったら、状況が変わっていないだろうか。淡い期待に溜息が洩れたところで、乾燥終了の短い音楽が鳴った。

三澄貴司は後を継いだばかりの旅館の奥座敷で、膝を抱えていた。千代が出て行ってから小一時間ほど経つが、まだ戻ってくる様子はない。

（……失敗したかな）

少し意地悪をしすぎてしまっただろうか。祝言をあげたばかりなので、多少からかっても逃げられることはないだろうと高をくくっていたが、あっさり逃亡された結果、一人ぼっちの初夜だ。

一人が苦手というわけではない。むしろ子供の頃から両親には家業の忙しさにかまけて放っておかれたため、一人で過ごすほうが慣れているし楽だ。

それでもさらに幼い頃は、比較的邪険にしないでくれる祖母のあとをついてまわって過ごしていた。祖母の早百合は毎朝、身支度を整えてから奥座敷を訪れ、小町御前人形に挨《あい》拶《さつ》をする。貴司も見よう見まねで拝んだり、お膳《ぜん》の支度を手伝うようになって……そのうち、一人で奥座敷に出入りするようになった。ここは居心地がいい。客室が近いから人の気配は感じるのに、なかに入ってくるものはほとんどいない。座布団を重ねて基地をつく

り、そこに違い棚の写真を持ち込んで仲間ごっこをして遊んでいたとき、

――あれ？　俊司さんの……貴司ぼっちゃまですね。お一人でなにをしていらっしゃるんですか？

突然声がして、見知らぬ女性がいきなり基地を覗きこんできた。当時の貴司は四歳か五歳くらい。そのひとはずいぶん大人だったが……吊り気味のぱっちりした目に、小さめの唇。毎日拝んでいる小町様にどこか似ていて、きれいだと思った。

貴司がびっくりして動けずにいると、声をかけてきた女性もびっくりしたように両手で口を押さえて、

――もしかして千代のことが見えていらっしゃいます？　だったら嬉しいわ、遊び相手ができるのはゆみちゃん以来、二十年ぶりですもの。ねえ、ぼっちゃま、お手玉で遊んだことってありますか？　簡単だけど楽しいんですよ、千代はお手玉をたくさん持っているんです。ええとねえ。

と、押入れの天袋のなかからお菓子箱を取りだしてひっくり返し、色とりどりのお手玉を畳にぶちまけてみせた。

――いろいろな模様があるでしょう？　これが籠目、竹を編んだ籠の模様です。悪いものを通さないので魔除けになるんですよ。これが亀甲《きっこう》、亀《かめ》さんの甲羅《こうら》ですね。亀さんは長

生きだから縁起がいいんです。これが桜小紋に、青海波《せいがいは》……どれも昔、早百合ちゃんと二人で縫ってつくったんですよ。じゃあ、ぼっちゃまには青いのをあげますから、手のひらにのせてみてくださいね。千代にぽーんと投げて、受けとめて……はい、お上手。今度は千代がぽーんと投げますから……はーい、上手、お上手ー。

にこにこしながら拍手してくれるのが嬉しくて、夢中でお手玉を投げていたと思う。それから『あんたがたどこさ』や『いちばんはじめは一の宮』など、いろんな歌に合わせた遊び方を教えてくれて、眠くなった貴司が目を擦《こす》ると、膝枕を貸してくれ、頭を撫でてくれて、

——ぼっちゃまが目を覚ますまで一緒にいますけれどね、ずっとここで遊んでいたことは、女将さんや皆さんには内緒にしてくださいね。お仕事をさぼっていたことがばれたら千代が叱られちゃいますから。

その言いまわしから、彼女が旅館で働いている人だとわかった。毎月、早百合のもとにお給料をもらいに来る従業員のなかにはいなかったようだけれど……。

ともかくその日から貴司は幼稚園から帰るなり奥座敷に走っていき、千代が来てくれるのをいまかいまかと待つようになった。

千代も、貴司が毎日来るとわかるとおやつまで用意して出迎えてくれる。彼女に「おか

えりなさい、貴司ぼっちゃま」と頭を撫でてもらうのが、貴司の至福の時だった。

そのうち遊びだけではなく、千代にくっついて旅館の手伝いの真似事もしはじめる。庭園を掃いたり、床を雑巾がけしたり。同じことをしているのに、千代が手をかけたあとはすべてが輝いているように見えるのが不思議だった。

そんな……光に溢《あふ》れた日々が終わりを迎えたのは、たぶん幼稚園の、年長のとき。早百合に買ってもらったランドセルを背負って奥座敷に飛びこむと、千代は「とってもかっこいいですねぇ」と手を叩いてほめてくれたあと、彼女にしては珍しく、さみしそうな笑顔になった。

――貴司ぼっちゃまもだいぶ大きくなりましたから、そろそろ千代とお別れかもしれませんねぇ。

いきなりすぎて、意味がわからなかった。お別れって、千代と？

――どうして？　千代、旅館をやめちゃうっていうこと？　いやだよ。

――千代はどこにも行きませんよ。でも、貴司ぼっちゃまが小学校にあがっていろいろお忙しくなると、千代と遊んでばかりもいられませんから。

――学校から帰ってきたら、すぐここに来るよ。いままでと変わらないよ。

――皆さんそうおっしゃるんですけど、でも……でも、千代は変わらずにここにいますから、安心してくださいね。

　安心なんてできるわけがなかった。小学校に入ったら千代とお別れ？　いきなり告げられた言葉の意味がわからず、その夜は母屋でベッドに入ってからも涙が止まらなかった。ただ……涙が枯れた頃、一つだけ気づいたのは、言い忘れた言葉があるということ。千代に、

　――僕もずっと千代のそばにいるから、安心して。

と、伝え返していなかった。だから布団を抜けだしたのだ。母の由美子もその夜は早くから家にいたが、居間でテレビを睨《にら》みつけながら缶ビールを飲んでいて、一人で玄関に向かう息子に気づかなかった。夜遅くといっても、幼稚園の子供が起きていられる時間だから、まだ午後十時くらいだったかもしれない。大きなサンダルをつっかけて庭園に出てすぐ、父の俊司が旅館のほうに向かう後ろ姿を見つけた。

　暗い道が心細く、声をかけたかったが、見つかったらベッドに連れ戻されるのがわかっていたので、こっそり後をつけた。父は従業員用の裏口から旅館に入っていき、貴司も同じドアからなかに入った。消灯の時間は過ぎていて、館内は暗い。板張りの廊下が軋《きし》むので、貴司はだいぶ距離をおいて俊司のあとについていく。父の向かう先が、なぜか貴司の行きたいところと同じようだったから。

やがて——……どの客室にも目をくれることなく奥座敷に辿《たど》りついた俊司は、声もかけずに椿の襖に手をかけ、開いた。一瞬広がった薄明かりが、俊司が奥座敷に入り、襖を閉めるのと同時に消えてしまう。

貴司も廊下の残りを駆け抜け、踏込《ふみこみ》につまづきそうになって、立ちどまった。なかに俊司がいる——千代はいるのかどうか、わからない。襖に耳を押しあて、息を詰めた。

ぼそぼそと声が聞こえる。

——まったく、由美子のやつ。小町様にやきもち焼いても仕方ないだろっつーの。

俊司の声だ。小町様？　早百合が世話をしている木人形の神様に……やきもちって、どんなお供えものだろう？　意味がわからないまま耳を澄ましていると、

——酔っていらっしゃるんですね、俊司さん。

千代の声がした。父親の名を呼ぶのを聞いたとき、子供なのに胸がずきっと痛んだ。襖を開ける勇気はなく、震えながらじっとしていることしかできなかったけれど。

——今日ね、貴司ぼっちゃまがランドセルを見せに来てくださったんですよ。とっても似合っていて、可愛らしかったです。ぼっちゃまは俊司さんに似ていらっしゃいますよね。きっとかっこよくなるでしょうから、楽しみだわ。

父親の答えは聞こえず、代わりに聞こえたのは、灯りを消す音。ごそごそと布団に入り

こむ気配のあと、沈黙が広がる――……暗闇《くらやみ》のなかを、どうやって母屋に帰ったのか記憶があいまいだ。

父親が母以外の女性と――つまり千代と――一緒に寝る、というのは、どうにも不潔な気がして、納得しきれなかったのを覚えている。

だから次の朝か、その次の朝、早百合に訊いてみた。お父さんは夜に奥座敷でなにをしているんだろう、と。祖母の答えは極めて明瞭だった――小町様と過ごしているのですよ、と。

――俊司さんは四年前に私の兄の後を継いで三澄荘の主人となったとき、小町様と祝言をあげて夫婦になりました。毎月十九日は小町様の例祭で、その夜は当代と守り神である小町様が奥座敷で共寝するしきたりがあるのです。それは大事な儀式だというのに、おまえの母親の由美子ときたらいまだにわかっちゃいなくて。

ぶつぶつ、と最後は愚痴になってしまっていたが、大事なことはわかった。

つまり千代は、小町様だ。

(神様だから、みんな千代のことが見えなかったんだ)

たとえば貴司が千代と並んで廊下の雑巾がけをしていても、従業員は「貴司ぼっちゃん、お一人でえらいですねえ」としか褒めない。

千代と奥座敷で遊んでいるとき、いきなり入ってきた早百合は「貴司、一人で怖くないのかい」と訊いてきた。

そして千代は自分からはものを食べないし、飲まない。貴司がおやつを食べていても、にこにこしながら見ているだけなので「一緒に食べたらいいのに」と誘うと、

——千代はお腹《なか》が空かないんですよ。貴司ぼっちゃまが小町様にお供えしてくださったら一緒に食べられるんですけれど。

——小町様に、はいどうぞ、ってすればいいの？

千代が頷いたので、貴司はおやつを木人形の前において、祖母がお供えものをするときのように「どうぞ、お召し上がりください」と両手を合わせた。すると千代は「じゃあ、いただきますね」と嬉しそうに手を伸ばして、一緒におやつを食べたのだ。

ものすごくわかりやすく、千代は小町様だった。でも……そうだとすると、千代は貴司の父親と結婚しているということになる。早百合はやきもちは食べ物ではなくて、誰かに嫉妬《しっと》する気持ちのことだと教えてくれたが、幼稚園児の貴司は嫉妬の意味さえ知らなかった。ただ俊司と千代のことを考えるとお腹が苦しくて、泣きたくなる。千代の前で素直に笑えなくなり、一緒に遊んでも楽しくなくなった。でも一緒にはいてほしい。

急に扱いづらくなった子供の態度におろおろするばかりの千代へ、貴司はあるとき、思

いきってかまをかけた。生意気にも、子供のくせに。

——千代は、僕のお父さんと仲がいいの？

——ええぇ？　ぼっちゃまったら、どうしていきなりそんなこと……。

千代は耳まで赤くなり、白い手で両頬を隠すようにした。

——な、仲ですか？　うーん、どうでしょう。俊司さんは優しいかたですし、もちろんゆみちゃんや貴司ぼっちゃまのことも大事にしていらっしゃいますから……いいんです、千代は。月に一度お会いできて、お喋《しゃべ》りができたら、それで。

——じゃあ、お母さんとは？

ついでのような投げやりな質問だったが、千代は大真面目に考えたらしく、頬に手を添えたまま首を傾げて、

——うーん、どうでしょう。昔は……ゆみちゃんが子供の頃は、いまの貴司ぼっちゃまのようによく奥座敷に遊びに来て、かるたをしたりままごとをしたり、楽しく遊びましたよ。でもゆみちゃんも小学校に通うようになったら忙しくなって奥座敷にも来られなくなりましたから、もう千代のことは覚えていないでしょうねえ。

どうだろうか？　わからない。でも、貴司は引っ越してしまった友達のことを思いだして、言った。

よ。

――会えば思いだすかもしれないよ。友達なら、すっかり忘れてしまうことなんてない

――ぼっちゃまは優しい子ですねえ。

撫でてもらっていったんは不機嫌が収まったものの、考えれば考えるほど、今度は別の悩みが生まれる。小学校に通うようになったら忙しくて、千代に会えなくなって、遊べなくなる？　学校とはそんなにも大変なところなのか。

友達は好きだし勉強も嫌いではなかったけれど、どのみち一人息子の自分は大きくなったら三澄荘を継ぐことが決まっている。だったら小学校など行く必要はないと決めて、ある日由美子に宣言した。

――僕、小学校に行かないで旅館で働くから。

由美子は狐につままれたような顔をしたあと、爆笑した。

――あら、嬉しい。貴司くんったら親孝行ねえ――お母さんのそばにいたいのはわかるけれど、ダメよ。学校に行かなかったら、立派な跡継ぎにもなれないんだから。

――学校に行ったら跡継ぎになれるの？

――そりゃそうよ。お母さんの子はあんただけだもの。

――跡継ぎになったら……僕も、小町様と結婚する？

──はあっ？

そのときの母の顔つきたるや般若《はんにゃ》のようだったが、近くで聞いていた父親は母の代わりに大笑いしてから、真面目に息子を見つめて、言った。

──貴司。小町様にも選ぶ権利ってもんがあるんだ。ちゃんと学校に通って勉強できないような子供は相手にしちゃあもらえないぜ。

貴司は父親を睨みつけて、思う。

（つまり、僕がちゃんと小学校に通って勉強をして立派な大人になったら、お父さんに代わって旅館の後を継いで、小町様と結婚してもいいんだね）

それならそうしてやる。人生の目標が決まった瞬間だった。

でも、それまでのあいだ……千代は、どんなに優しくしてくれても、俊司のものだ。

毎月十九日の夜、父は奥座敷に向かう。母屋の窓から灯りを探したり、庭園から覗いてみたり、以前したように父親のあとを追いかけたりして……こそこそといやらしく嗅《か》ぎまわる自分があまりに情けなかったため、中学からは全寮制の学校を選んだのだった。

貴司は千代がずっと見えていたし、忘れたりもしなかったが、できるだけ旅館に足を向けないようにした。無理だったからだ。年齢を重ねるにつれて結婚の意味がわかるようになると、余計に、自分が手に入れられるまで彼女に会いたくなかった。もしかしたら忘れたほうがいいのかもしれない、と迷ったことさえある……ほかの、神様ではない人間の女の子に恋をしたほうがよっぽど健全ではないかとか。

（でも、無理だったよ）

幼い頃に刷りこまれた記憶は、消そうと思って消えるものではない。千代の膝枕、柔らかい歌声や笑顔に代わるものが、この世のどこにあるだろう。

大学二年のときに俊司が失踪《しっそう》した。滞在客とわりない仲になって蒸発したというが、真相はわからない。その時点で帰って旅館を継ぐこともできたが——……きっと悲しんでいるはずの千代の傷心につけこむのは卑怯《ひきょう》な気がしたし、そのときの自分がもう大人だという自信もなかった。

ともかく大学までは出ようと決めて我慢して——よくしてくれたアルバイト先の社長に正社員にならないかと誘われ、確かに修業が必要かもしれないといったんは就職したものの、どうしても望みを捨てられなくて仕事を辞めて帰ってきての、今夜なのに。

奥座敷に入ったときから、千代の姿は見えていた。

嬉しくてたまらなかったけれど、早百合も由美子も千代が見えておらず、彼女がうろつこうが踊りだそうが気づかない様子だったので、笑いそうになるのを必死に堪えた。

記憶にあるよりずっと小柄な千代さん。

二人きりになったら積もる話をたくさんしようと心待ちにしていたのに、

――俊司さんに似ているねえ。

その一言が、はしゃぐ気持ちを凍りつかせた。

千代はまだ前の夫のことを忘れていない？　名前や顔を覚えているのは当然だとしても、まだ好意を持っているのだろうか。気になってたまらなかったが、いきなり問い詰めるのは大人げないとわかっていたから、それなりに礼儀正しく接したつもりだ。

久しぶり、どうしてあなたがここに？　……挨拶としては無難だろう。二人が祝言をあげたことを考えたら、彼女のほうから自分が小町様だと明かしてくれると思ったのに、

――大女将さんに頼まれたんです！　付き添いを！

「……ふざけるな」

彼女は僕と結婚したくないのか？　父親としたようには、一緒に寝てくれるつもりもないのか？　正体をごまかすだけならまだしも、逃げだしたりするなんて。

このまま朝まで――戻ってきてくれないのだろうか。

「嫌われているのかな、僕は」

だとしても、手放すつもりはないけれど。

白無垢姿の木人形を見つめて、思う。小町御前のご神体は、三澄家の人間が六百年にわ

たって大事に崇めてきたものだ。これは千代とどんなふうにつながっている？

触れて確かめてみたい気持ちはあるものの、守られる側の人間として、あまり無体を強《し》いるのも申し訳ない。手を差しのべ、ご神体をそっと抱きあげて床畳の台座に戻した。

祝言用の供物《くもつ》を前の間から運んできて、小町様の周りに並べる。何気なく違い棚を見あげたとき、代々の当主の写真の前にきゅうりが置いてあるのを見つけて首を傾げたものの、

（おばあちゃんが供えたのかな？）

あまり気にしても仕方がない。由美子は貴司の祝言の写真を撮るつもりがないようだったが、貴司のほうも、歴代の小町様の夫と一緒くたに並べられるのはごめんだった。

「申しあげます。小町様におかれましては、どうぞお怒りをお収めくださいますよう」

幼い頃から祖母としていたように、木人形に向かって丁寧に手を合わせてから、緞子の布団に腰を下ろし、大きく息をついた。

（とりあえず、千代さんを待とう。それで戻ってきてくれたら……）

なにを話そうか。あれこれ考えているうちに急に眠気が襲ってきたので、少しだけのつもりで目を閉じた。


ぴちゃん……頰で滴《しずく》が跳ねる。最初は悲鳴をあげたが、滴は髪にも、頰にも、うなじに

も絶え間なく滴《したた》ってくるので、そのうち慣れてしまった。たぶん洞窟に沁《し》みこんだ雨の水かなにかだろう。

問題は、周りが真の闇だということ。自分の姿さえ見えないので、ほんとうにここに体があるのか自信がなくなる。もたれかかった大岩のざらざらした冷たさが唯一、外界とのよすがだった。

でも、振り向いて助けを求めたとしても、外に出してもらえるわけではない。

千代の役目はここにいること。そして、村の人のために、水神様に祈ること。

――申しあげます……。

声が闇に呑みこまれ、小さくくぐもる。それでも十四歳の千代はその場に両膝をつき、手を合わせ、この洞窟の奥に住まうという水神に向かって一心に祈った……。


「ふわーあ、今日もよく働いたー」

気がついたら午前四時だった。寅《とら》の刻《こく》だ。乾燥の終わったタオルを畳んでリネン庫に収め、いったん奥座敷に戻ろうとしたところで下足箱が気になってしまい、小箒をかけて空拭きをして整理し直してからふと外を見たところ、空が白みかけている。

（さすがに貴司くんはもう寝ているよね）

祝言の夜は終わりそうだが、三澄荘の守り神のお役目はちゃんと果たしているのだから、逃げたことは……見逃してもらえないだろうか。

軋む廊下をそっと歩き、椿の襖まで辿りつく。少しだけ開いてなかを覗くと、灯りは千代が出て行ったときのまま、つけっぱなしだった。

（あら、だらしない）

電気代の無駄だとは思わないのだろうか。もう大人で、当主を継ぐというのならしっかりしてもらわなくては困る。ぷんぷんしつつも、貴司が徹夜で千代を待っている可能性もなくはないため、こわごわ奥の間に足を踏み入れたところ――。

「あら」

貴司は眠っていた。小町御前の木人形は白無垢のまま床の間に戻されており、貴司一人が一方の布団に転がって、すうすう寝息をたてている。羽織袴姿のままだ。

布団もかけず、力尽きたように横たわって目を閉じており、千代がそばに膝をついても目を覚ます様子はなかった。

「もう。夏が近いとはいえ明け方は冷えるんですから、なにもかけないでいたら風邪をひきますよ」

羽織を着ていればそこまで寒くないかもしれないが、心配は心配なので、もう一組の布団から上掛けを引っ張ってきて、貴司に被せた。

灯りを消したが、障子《しょうじ》の向こうが白んでいるので、真っ暗にはならない。

千代は貴司の傍らに正座して、ほっと息をついた。

ようやく、これまでの結婚相手と同じような時間を持てた。

相手に千代は見えなくて、声も聞こえなくて、でも、千代は相手がわかる。落ちついて寝顔も見放題だ。

（二年ぶりかあ……俊司さんはいなくなってしまったけれど、今日から貴司くんがわたしの旦那様）

二年前、俊司が何も言い残さずに消えてしまったときは、それはさみしかった。

旅館の手伝いをしようにも張り合いがなくて、つい神域に帰りがちになってしまい、気づけば三澄荘の経営が傾きかけているというのだから、守り神として情けない限りだ。

けれど今日からは……貴司がいる。

真上からではよく見えないので、隣の布団にころんと横になって、真正面から寝顔を見つめた。

控えめにいっても、きれいな顔立ちだと思う。ぱっと見は俊司に似ていると思ったが、寝顔は父親よりも線が細くて女性的で、色の淡い癖っ毛は猫のお腹のように柔らかそうなので、撫でさすって愛《め》でてしまいたい。

(目が覚めたら困るから、やらないけれど)

これまで、初婚を含めて三十人になる結婚相手のなかにはあまり添い寝したくない見た目の人もいるにはいたが、やはり伴侶《はんりょ》がいると嬉しい。一人ぼっちよりはずっといい。

(しかも貴司くん、かっこいいし)

指を伸ばして、思いきってつん、と頬に触れる。

張りがあって柔らかくて、冷たい。

(よく考えてみたら、寝ているあいだならわたしのことが見えていようといまいと、変わらないのよね。わたしの大事な旦那様……)

つん、つん、と、鼻や口元や、瞼や眉にも触れて楽しむ。思う存分触って満足したので、ちょっとだけ休憩するつもりで手を下ろし、目を閉じようとした……とき。

「え?」

ふわり、と、千代の上を温かいものが覆った。

貴司にかけてあげたはずの掛け布団……と、紋付き羽織の袖……と、貴司の腕だ。

(え?)

寝ぼけて、抱きついてきているのだろうか。枕か、ぬいぐるみと勘違いしていたり?

どう反応していいかわからなかったので、じっとしていると、まもなく貴司の腕は千代をすっぽりと包みこんだ。樟脳《しょうのう》の匂いがする。

同じ羽織を先々代やその前の当主も着ていたが、こうして包みこまれるのははじめて。

とく、とく、とく……と聞こえるのは、貴司の鼓動か。

（貴司くん……寝ているんだよね？　まだ、わたしがいるって気づいていないよね？）

千代の胸もどきどきしすぎて破れてしまいそうだ。貴司が目覚めるまでこうしていてもいいのか、それともそっと離れたほうがいいのか。じっと押し黙って、どきどきに身を委《ゆだ》ねていると、ふいに貴司の腕にきゅっと力がこもった。

「え……」

戸惑う千代の耳に、貴司の口元が重なる。

「小町様」

（え）

「お待ちしておりました……」

低い囁《ささや》き。声も、息も熱い。

それはわたしなのか、ご神体のことなのか。貴司はどちらだと思って抱き寄せているのだろう。答えられずにいると、手が着物の袂を静かになぞりあげて、頬に触れた。顔が近づく。貴司の吐息が、いまにも重なりそうだ。こういうとき、どうしたらいいのか、どうするものなのか。息を止めたらいい？

でも千代はもともと生身ではないのだから、呼吸を止めることに意味があるのか、どうか。

そもそも貴司が千代に触れてどう感じているのかさえわからない。

（ど、ど、どう、しよう……）

どうしたら。動揺のあまり閉じてしまった目を、恐る恐る開けて様子をうかがうと、貴司もいつの間にかぱっちり目覚めて千代を見ていた。

「な……な、な」

間違いなく視線が合う。やっぱり彼には千代が見えている。おまけに触れられる。

しかも二人とも布団に横になっていて、貴司の腕は千代を包みこんだままだ。

かちんこちんに固まった千代を貴司はしばらく見つめたままでいたが、やがてふわっと軽くあくびをしてから笑った。

「おはよう、千代さん」

「お、おおお、おはよう、ございます、ぼっちゃま……っ！」

やっぱり逃げたい。この距離感は近すぎる。貴司の腕に力がこもりそうになると、千代は両手を突っ張って新郎の体を押しやった。

「……」

貴司は憮然《ぶぜん》として身を起こす。同じく起きあがって、布団の端にぺたりと座りこんだ千代に、あまり優しくない視線をくれた。

「自分の年齢はわかった？」

（まだ言ってる――――！）

六百十四歳だなんて、言えないというのに。さんざんひとを動揺させたあげくに、この意地悪はひどい。千代は布団にきっちり座りなおして、貴司を睨んだ。

「女性に年齢を訊くのは失礼だって、さっきお教えしましたよね！　それに小町様はご神体なんですから軽々しく触ったらばちがあたるんだって、聞いていなかったんですか！」

「小町様にはいつものところに戻っていただいたよ」

と、貴司はおかしそうに床の間を振り返ってから、千代に目を戻す。

「それとも千代さんが小町様なの？」

「そ……」

そうだと答えたら、また年齢などを根掘り葉掘り訊かれる？　それとも木人形にしようとしたように千代に覆いかぶさったりして、さっきまでのような近さで、なにかを……。

（むりむり、無理――――！）

ともかく無理だ。無理なものは無理だった。千代はもう自分が小町御前だということは断固として隠し通すことに決めて、ぷいっと顔を背けた。

「わたしはただ旅館で働かせていただいているものですから！　神様の小町様なんかじゃ、全っ然ありませんから！　ともかく、貴司ぼっちゃまは三澄荘をお継ぎになったのですから、もっと当主としての自覚を持った振る舞いをなさってください」

「たとえば、どんな？」

「たとえば……寝るときは灯りを消すとか。電気代がもったいないですからね。あと、ちゃんとお布団をかけて寝るとか。体を壊したら元も子もありませんからね」

「わかったよ、気をつける。あとは？」

素直にされると毒気が抜ける。千代は首を傾げて、やや真面目に考えた。

「あとはですね……お客様には親切に。従業員の方たちにも、丁寧に接しなくてはいけません。皆さん三澄荘のために働いてくださっているのですから」

「そうだね、その通りだ。ほかには？」

「ほかには……」

軋みのひどい廊下に敷物を敷いてみたらどうだろうとか、もうすぐ暑くなるので、お客様に出すおしぼりを冷やす冷蔵庫があったらいいなあとか、従業員として提案したいことはいろいろある。貴司は布団の上に正座したまま真面目に聞いてくれていた。

ただ肝心《かんじん》のところで……つまり、千代自身の正体について貴司に嘘《うそ》をついてしまっているため、だんだんと、自分は偉そうになにかを言える立場ではないとしょんぼりしてきた。

うつむく千代と貴司のまわりを、朝ぼらけの光が包みはじめる。

千代はあらたまって姿勢を正し、三つ指をついて頭を下げた。

「このたびの……貴司ぼっちゃまと小町様の祝言の儀に際して、心よりお祝いを申しあげます。こうしてつつがなく夜明けを迎えられましたからには、親代山の産土神様《うぶすながみ》もお二人の結婚を寿ぎ、末永く幾久しく三澄家が栄えていくこととお慶《よろこ》び申しあげます——と、いうわけで」

顔をあげると、貴司がきょとんとしていた。せっかく守り神自らお祝いを言ってあげたのに、聞いていなかったのか。少々むっとしつつ、毅然《きぜん》として告げた。

「夜が明けたのですから、これで祝言の儀はおしまいです。貴司ぼっちゃまはご自分の部屋に帰って、ゆっくりおやすみになってください」

「せっかく小町様と結婚できたんだから、いっそここに住みたいんだけどな」

「ぜ、っ、たいに！　だめです」

「無理強いはしないよ。じゃあ、十九日にまた」

「わかりました。十九日ですね、お待ちしておりま…………って、なんでっ？」

祝言は終わったのだから、あとは極力顔を合わせないようにしていつもどおりに——なんていう都合のいい目論《もくろ》みは、続く貴司の一言であえなく打ち砕かれた。

「祝言が明けて今日は十日だから、ええと、九日後？　毎月十九日の小町様の例祭には、夫婦が奥座敷で過ごす決まりがあるはずだよね。その日もまた千代さんが付き添ってくれるのかどうかわからないけれど……楽しみにしていますよ、小町様」

体ごと小町御前人形を振り向き、丁寧に手を合わせる。うっすらと笑みを浮かべている横顔は非の打ちどころなく整っていて見惚れそうになったものの、千代はそれどころではないのだった。

（忘れてた————！）

毎月十九日。小町様の例祭とは、人間だったときの千代の月命日だ。つまり大昔、水神の人柱に捧げられた日。その後の長い歳月、三十人の旦那様たちと過ごすのを楽しみにしてきた夜だけれど……、

（また、貴司くんとここで過ごすの？　隣同士のお布団で？　貴司くんにはわたしが見えているのに？　また、年齢を訊かれちゃったりして……ううん、それどころか、さっきみ

たいに抱き寄せられちゃったりして、顔が近づいて、それから……そうしたら……）

どうなって、どうして、どうしよう。想像するだけで顔は熱くなるし、胸がばくばくとうるさくなって破裂しそうだった。ずっとこんなに騒がしい気持ちを抱えたまま十九日を待たなくてはならないのか——……それが、毎月。貴司の代が続く限り、ずっと。

（～～～無理だわ！）

身が持たない。千代は守り神とはいえもとが人間なので、あまりひどく動揺すると神威が乱れてたたりを起こしてしまう可能性もあるのだ。そんな危険は冒《おか》せないし、そもそもの原因ははっきりしているのだから、

（出ていってもらおう、貴司くんに）

三澄荘の小町様として。千代にこんな動揺を味わわせた責任をちょっと取っていただいて、旅館の当主をやめたくなるように仕向けよう、そうしよう。

守り神本人の暗い決意など知る由《よし》もない貴司は、合掌《がっしょう》していた手を解いて振り向くと、千代がなぜかガッツポーズをしているのを見つけて、首を傾げたのだった。

二　天高く、きゅうりは流れる

空は青く、雲は流れ、川も流れて、きゅうりが揺れる。

カッパ淵《ふち》は親代《おやしろ》市有数の観光名所で、淵のそばにある甲六寺《こうろくじ》の境内《けいだい》では河童《かっぱ》釣り用の釣り竿ときゅうりの貸しだしもしていた。細長い竹竿に結びつけた紐《ひも》にきゅうりを吊るし、カッパ淵のせせらぎに放ると、運が良ければ河童が釣れることがあるとかないとか。

祝言明けて翌日の昼下がり、千代《ちよ》は持参の竹竿に特大のきゅうりを吊るしたものを、カッパ淵のいちばん流れの速い瀬をめがけて振りかぶった。

きゅうりが弧を描いて飛ぶ。流れに着水し、くるくると揺れる緑の野菜の動きに注目していると、ふいに、くいっと手ごたえがあった。

くいっ、くいっ、という引きの動きに呼吸を合わせて、千代は思いきって竹竿をあげる。

「とったあああっっ！」

「どわああっっ！」

まるで鉄棒にぶら下がるように、両手できゅうりをつかんだ少年が瀬から引きずりあげられる。きゅうりとともに空を飛んだ少年は千代の前でくるりと体を返して、上手に着地した。

背丈は千代より少し低いくらい。苔《こけ》色の髪に同じ色の着物と、浅黄《あさぎ》色の羽織。足には草鞋《わらじ》。朱色の目。十二、三歳の子供に見えるが、彼こそがこのカッパ淵の主——つまり、河童だ。名前は甲介《こうすけ》。

甲介は自分を釣りあげた相手がわかっていたようで、千代の前に立つなり人懐こい笑顔になった。

「よっ、千代。昨夜の祝言の首尾はどうだった？」

気安く言ってから、釣り餌《え》のきゅうりを見つめ、顔をしかめた。

「なんだ、これ。オレが祝いに贈ったやつじゃん。珍しく新鮮だったからやったのに、いらねえの？」

「甲介ぇ……」

千代の声が震えている。

ぎょっとした甲介は、振り仰いでみた千代の顔が真っ赤で、もともと赤っぽい目がさらに充血し、いまにもこぼれんばかりに涙を湛《たた》えているのに気づいてさらに慌《あわ》てた。

「な……どうしたんだよ、そんなにきゅうり、嫌いだった？　とげが痛かったのか？　いや別に返しに来たことを責めてんじゃなくて、ただ、どうしたのかって……うわあ、泣くな！」

ついに千代の頬《ほお》にぽろっと水滴が伝う。小町《こまち》御前の千代は水神のお気に入りだ。そんな彼女を泣かせたら、気性の激しい水神にどんな目に遭《あ》わされるか——及び腰になる甲介の羽織をつかまえ、苔色の袂《たもと》に涙と鼻水を押しつけて、三澄荘《みすみそう》の守り神は「聞いてよ〜〜〜！」と叫んだのだった。

カッパ淵のまわりには河童釣りが目的の観光客がちらほらいた。彼らに甲介たちの姿は見えないとはいえ、そばをうろつかれると落ちつかない。

甲介は泣きやまない千代を肩に担《かつ》いで、中州に渡った。河童は力持ちである。

乾いた砂に下ろしてやっても、この見た目は大人のくせに中身が頼りない旅館の守り神は、ぐずぐず鼻をすするばかりでなかなか話しだそうとしなかった。

「で、なに？」

仕方なく、甲介のほうから話すように促《うなが》す。千代が根っから明るい性分なのは知っているため、昨夜の祝言でよほどひどいことがあったのだろうといちおうは心配したのに……

ぐずぐず泣きながらこの友達が白状したのは、ひたすらしょうもないことだった。

いわく、昨日祝言をあげたばかりの旦那《だんな》とどうしても別れたくなって、ばちをあてて追いだすことに決めた。なにもしていない人にばちはあてられないが、旦那は昨夜ご神体の木人形に抱きついたり押し倒したりしていたから（これを聞いて甲介は『なにそいつ、変態?』と大笑いした）十分神罰を受ける理由はあると思う。

旦那は――貴司《たかし》という名前だそうだが――祝言が明けて今日から本格的に旅館の仕事をはじめるので、やる気をくじくために最初から本気でばちをあてにかかった。

まずは、事務所にあるお茶の葉を千振《せんぶり》にすり替えた――千振とは、ものすごく苦い薬草である。苦さに悶《もだ》えて逃げだすがいい、と期待したのに、貴司は急須で丁寧に淹《い》れた千振茶をすすって妙な顔をしたあと、もう一口すすってから、一言、

――懐かしい味だなあ、これ、おばあちゃんがたまに淹れてくれたっけ。二日酔いにはちょうどいいよ。

と、きれいに最後まで飲み干したうえ、お代わりまで淹れはじめる。ついでで息子にお茶を淹れてもらっていた由美子《ゆみこ》は、あまりの苦さに悶絶《もんぜつ》していた。

めげてなるものかと天罰第二弾として実行したのは、バナナの皮。昨日のお供えにあったバナナをがんばって食べたあとの皮を、貴司が通りそうな廊下に並べてみた。ところが

貴司より先に早百合《さゆり》が踏みそうになってしまい、慌てて止めに入った千代のほうがバナナで滑ってすってんころりん。涙目で片づけているところを貴司に見られて「お掃除お疲れ様」と、褒められたりまでしてしまった。悔しい。

こうなったら自棄《やけ》だとまかないの味噌汁《みそしる》に味噌を足したり（一口すすっただけでお湯を足された）、スリッパの中に靴下を詰め込んでやったり（あっさり取りだされて洗濯機に放りこまれた）、最後の最後の嫌がらせで……箸《はし》袋に、あっかんべーをしている千代の似顔絵を描いて印半纏《しるしばんてん》の背中にテープで貼りつけてやったら、隣に貴司らしき似顔絵とハートを描き足されて帯に貼りつけ返されてしまったという。

「そんだけ？」

千代が大いに頷《うなず》いたので、甲介は呆《あき》れかえった。

「なんだそりゃ。いたずらにしてもしょっぺーなー」

「いたずらじゃなくて、たたりよ！　ばちをあてようとしているのにうまくいかないの！」

「そりゃあ、あんたはあの旅館を守ることしかしてこなかったんだから、いきなりたたり神になろうったって無理だろ」

「わかってるわよ！　でも貴司くんには出ていってもらわなきゃ困るの！」

いたずらは子供じみているものの、追いだしたい気持ちは本気らしい。着物の袖《そで》を噛《か》みながら悔しがっているので、甲介も少しは同情してみることにした。

「その、あんたの新しい旦那の貴司ってやつ。木人形を撫《な》でさするような変態なところはともかく、そんなにブサイクなの？　口がくっさいとか、足がくっさいとか」

「顔は、普通……むしろいいほうっていうか、きれいっていうか、かっこいいっていうか」

千代はいじいじと中州の砂利《じゃり》をいじくりながら言う。

「口も臭くなかったし、むしろお酒の甘い匂いがしただけだし、羽織は樟脳《しょうのう》の匂いだったから体臭なんてわからないし、よく似合っていたし」

「のろけに来たわけ？」

「そんなわけないでしょっ！」

言下に否定されたが、見てくれも匂いも問題がないなら、千代がそこまで結婚相手を嫌う理由が思いつかない。甲介と千代が知り合ってから百五十年あまり経《た》つが、そのあいだどんな旦那が相手だろうとそこそこ楽しそうにやっていたのに。

（つまりなんだ、千代は顔は良くても変態には我慢ならねえ性分ってことだな。どうすっかなあ……千代は友達だし、このオレに泣きついてきたからには一肌脱いでやるのにやぶさかではないけど）

狭い中州で両足を伸ばし、草鞋の足を流れに浸す。対岸では観光客たちがふやけたきゅうりで河童を釣ろうと苦心していた。貸し竿代がお賽銭《さいせん》になるので、甲介としては彼らの行為に文句はないわけなのだが、釣り餌については少々、文句を言いたいところであった。

「きゅうり、たくさんだね」

千代もだいぶ落ちついてきたらしく、甲介と並んで流れを見ながら言う。

「まあな。……なあ、千代、あのさあ」

「なあに？　……甲介、愚痴《ぐち》を聞いてくれてありがとね」

「そんなのは友達だからいいんだけどさ。もし千代がオレの頼みを聞いてくれるってんなら――オレがその、貴司ってやつを追いだすのに協力してやってもいいぞ」

千代は目を丸くした。

甲介は髪も衣も緑色で、目だけが赤い――河童だが、どうして祠《ほこら》をたてられ崇《あが》められるまでになったかというと、ここカッパ淵で人間相手に数々のいたずらをやらかして、武勇伝を多く残したからである。

だからもちろん、ばちをあてるのも上手なはずだ。千代よりは、よっぽど。でも、

「甲介の頼みってなに？」

とんでもないことだったら困るので、安請け合いする前に念のため訊《き》くと、少年姿の河

童は「んー」と恥ずかしそうに鼻を擦《こす》ってから、言ったものだ。

「メロン」

千代は首を傾《かし》げる。

「メロンがどうかしたの？」

「だから、メロン。食いたいの！　あれってきゅうりの仲間のくせに甘くて柔らかくてうまいっていうじゃん。昨日、小町御前の供物《くもつ》のなかにメロンが交ざってただろ。あれくれたらなんでも協力してやるから、ください！　食わせて、メロン！　この通り！」

「はあ」

そんなに頼まなくても、言ってくれればいつでも分けてあげるのに。甲介にも河童のプライドがあるのでなかなか言いだせなかったのだろう。

ともかく千代は甲介を連れて三澄荘に帰り、裏口から奥座敷に招き入れた。メロンは表面のつるつるした緑色のもので、触った感じではまだ硬そうだったが、甲介はほくほく顔で匂いを吸っている。

「うわー、たまんね。きゅうりっぽいのに甘い匂い。ねえこれ、丸かじりしていいの？」

「皮は硬くておいしくないよ。割って、種は捨てて、残ったところを食べるの。でもまだ熟《う》れていないみたいだし、十日くらい待ったほうがいいかも」

「十日かあ……もうそのあいだ、枕にして寝よっと」

撫でさすって喜ぶ姿を見ていると、状況も忘れてほっこりしてしまう。

裏口から外に出て、表玄関へまわりこんだとき、貴司がちょうどハイヤーの運転手と話をしていた。あとから出てきた客のためにドアを押さえ、深々と頭を下げて見送る。

そしてまた旅館のなかに駆け戻り、他の客の手荷物を両手に提《さ》げて出てきた。

今度は駐車場まで運んでいくらしい。背中に椿《つばき》の模様が染め抜かれている印半纏は、いつも千代の結婚相手が着てきたものだ。甲介は首を傾げた。

「あいつが千代の新しい旦那？」

千代が頷く。甲介はますます首を傾げて、

「よく働いてんじゃん。見た目もふつーだし、威張りくさってるふうもないし」

「……今朝は布団あげもやっていたし、なんなら皿洗いも手伝っていらしたわよ」

「なのに変態なのか、惜しいやつだなあ」

そういうわけじゃない、否定したいところだけれど、貴司＝変態説が崩れてしまうと甲介の助力がなくなってしまいそうだから押し黙る。沈黙する千代を見て、甲介は納得したように頷き、羽織の袖をまくった。

「よーし、じゃあいっちょ、あいつの尻子玉《しりこだま》を抜いてきてやるかっ」

「お尻……なに？」

耳慣れないが、気になる単語だ。赤くなった千代を見て、甲介は鼻を鳴らす。

「尻子玉。知らねえの？　河童の好物といえばきゅうりと尻子玉に決まってんじゃん」

「知るわけないじゃない。その、貴司くんのお尻……なんとかって、抜いたらどうなるの？」

「腑抜《ふぬ》けになる。ふにゃふにゃのふらふらで部屋からも出てこられなくなるから、当然、旅館の若旦那なんか続けられなくなるわな」

「そんなのだめ！」

言下に否定してしまい、眉をひそめた甲介に、しどろもどろに言い訳する。

「あの……お尻なんとかがだめっていうわけじゃなくて、いい大人の息子さんが部屋に閉じこもりきりになって働けなくなったら、女将《おかみ》さんたちが困るでしょ？　だから、だめ」

「じゃあどうすっかなー。玄関のガラス割る？　落書きしちゃう？」

「建物を傷つけるのもだめ！」

ばちをあてたい相手は貴司一人であって、千代は今もちゃんと旅館の守り神のつもりである。そもそも三澄荘は建物自体が古いため、これ以上ボロボロにされたら廃業まっしぐらになりかねなかった。

「面倒くせえなあ。んじゃあ、ちょっとこれ預かってて」

「えっ？　ちょっと甲介、どこに……」

ぽん、と放られたメロンを落とさないようにつかまえたときには、もう河童の姿はどこにもない。呆れて、帰ってしまったのだろうか。千代がわがままだから……。

（甲介だって、好んでばちなんかあてたくないよね）

自分がうまくできないからって、嫌なことをひとにやらせようなんて最低だ。メロンを抱きかかえながらしょんぼりしていると、いきなり目の前に泥のようなものを詰めこんだ木桶が、どん、と現れた。獣《けもの》臭《かば》さがぷんと臭う。

千代はとっさにメロンを庇ったが、木桶を持ってきた甲介は平気な顔だ。

「川向こうの観光牧場からいただいてきた。じゃあ、ちょっくらやってくるわ」

「ちょっと待って、それ、なに……っ？」

「馬糞《ばふん》」

はあっ？　と思ったものの、甲介はさっさと木桶を担いで玄関に向かっていく。千代は後を追おうとしたが、駐車場からこちらに向かってくる貴司の姿が見えたので、慌てて植え込みにしゃがみこんで隠れた。

（甲介ったら、大胆《だいたん》すぎるよ。そりゃあ普通の人には河童の姿も見えないだろうけれど、

貴司くんは）

はっと気づいて、蒼《あお》ざめた。甲介に、貴司が『見える人』だと教えていない。甲介はもちろん相手には見えないと思っているから、柄杓《ひしゃく》を振りまわして悠々と馬糞をぶちまけていく。ずんずんと足早に向かってくる貴司に気づいても余裕であっかんべーをして、

「やぁい、千代の変態の旦那やーい、馬糞で靴を汚さないように気をつけろ……」

「きみはなにをしているんだっっっ！」

思いきり怒鳴られて、河童はぴょんと飛びあがった。

＊

いたずら小僧に逃げられた。

貴司もかなり本気で追いかけたのだが、やたらに逃げ足が速かったのだ。車寄せを横切り、車道に出たときにはもう姿がなく、あとに残されたのは観光牧場の焼き印つきの木桶と柄杓と、藁《わら》の交ざった臭い泥……確か、馬糞とか聞こえたような。

（今日は朝からいろいろあるな……）

苦いお茶に、塩辛い味噌汁に、スリッパの靴下にバナナの皮（箸袋の落書きはむしろ嬉《うれ》

しかったが）。極めつきは馬糞ときた。

昨日が大安だったのは間違いないので、今日は赤口《しゃっこう》か。鬼神が暴れるとかいう日。

（でもあれは鬼というよりは――……）

とりあえず、宿泊客が帰ったあとでよかったと思う。馬糞の滓《かす》が石畳の目地に入りこんでなかなか取れなかったので、洗剤を撒いてブラシかけまでしたのだ。

そのあと観光牧場まで木桶を返しに行ってきたので、さすがに疲れた。

着替えがてら風呂に入ろう……と思って浴場に来てみたところ、なぜか履物《はきもの》入れに畳色の草鞋が突っ込まれており、脱衣所の籠《かご》には浅黄色と苔色の着物らしき衣服が。

（どこかで見たような）

思わず顔を近づけてみたものの、きゅうりのような匂いがするだけで、馬糞の臭いは感じない。お客様がいるときは従業員として入浴は遠慮しなければならないが、そもそも客なのかどうか。

すでに汗まみれのシャツの袖をまくり、素知らぬ振りをして引き戸を開けた。

三澄荘の浴場は、古いタイル張りだ。中央にある円形の浴槽《よくそう》のなかに、少年がいる。髪は苔色で、目は赤く、歳《とし》の頃は中学生くらい。気持ちよさそうに温泉に浸かっているものの、見た目だけでも普通の人間ではないか、ものすごい不良のどちらか。

そして貴司は、この少年の姿にとても見覚えがあった。

いろいろ問い詰めたい気持ちはやまやまだが、いまいちばんの問題は、少年が裸の腕にメロンを抱えたまま湯船に浸かっていることだと思う。

(どうしてメロン)

いつ言おうか、どこから訊こうか。迷いつつ掃除用具入れに向かい、洗剤とスポンジを取りだした。

水道の前に片膝《ひざ》をついて桶を洗いはじめた貴司に、少年のほうから声をかけてきた。

「あんた、オレが見えてんだよな?」

やっぱり……一般的には見えない存在、ということだ。

貴司は落ちついて答える。

「見えてはいるけど、見て見ぬ振りをしているよ」

「なんで?」

「日帰り入浴の料金は五百円になります」

「金とんのっ?」

「とらないでおいてやるから、外から持ち込んだものを浴槽に入れないでほしい。衛生管理上の問題がある」

それ、と指さされたメロンを、少年は慌てて抱え込んだ。

「これはオレのだかんな！　絶対にやらねえからな！」

「せめてこれに入れてくれ。生鮮食品なんだから、腐るぞ」

洗いたての桶を差しだすと、少年はいぶかりつつも素直にメロンを入れた。そのまま浴槽に滑りこませるとぷかぷか浮いたので、楽しそうにつつきながら遊んでいる。

「それでなんで、玄関に馬糞なんか撒いてくれたんだ」

「あ、やっぱりオレがやったってわかっちゃった？」

「河童は川でいたずらするものだろう。うちの旅館は川から遠いのに」

「へえ！　オレが河童ってことまでわかるんだ。すげえな、なんで？　黙ってても滲《にじ》みでちまう河童感ってやつ？」

「緑色だから」

「そんだけかよ」

緑色少年は不満そうだが、仕方がない。人外のもので緑色で馬に関わりがあり、いたずら好きとくれば、おのずと正体は絞られてくる。

貴司は黙々と洗った桶を積みあげていった。河童の少年はメロンの入った桶を頭に載せたりしながら、そう広くもない浴槽のなかをすいすい泳ぎまわっていたが、ふいに思いだ

したように、

「千代がさー、あんたを追いだしたいっていうから」

腕がうっかりぶつかり、木桶の山が崩れる。

かなり高くまで積みあがっていたので、浴槽のなかまで桶が転がっていった。

「うをっ、だ、大丈夫か？」

貴司は、転がる桶の真ん中で両手をついて、絶望していた。

「……そこまで、嫌われているとは思っていなかった」

薄々気づいてはいたものの……昨日祝言をあげたばかりなのに。年齢のことを訊いたのが、そんなにいけなかったのだろうか。

少年が同情したように、浴槽に浮かぶ桶を貴司のほうに押しやった。

「そこまで嫌っちゃいねえみたいなんだけど、まあ女心ってのは複雑だよな。とりあえずあんたの顔が良くて働きものだってところは認めてたから、そんなに落ちこまなくてもいいんじゃね」

「じゃあ、なぜ追いだしたいなんて思うんだ？　これまで小町様は代々の当主と祝言をあげてきたわけなのに、なぜ僕だけ」

「だからさー……そもそも、あんたは千代が小町御前だってことは知ってんの？」

知っていると断言したいが、少しためらう。千代の正体が小町様で、旅館の守り神なのだと理解しているつもりでも、では小町様がどういうものかと問われれば、なにも知らないも同然だ。この河童は、知っているのだろうか？

「……河童くん。きみの名前は？」

「聞いて驚け。カッパ淵の主、河童大明神の甲介様ってのがオレのことだ」

「ふうん、甲介くんか。僕は貴司だよ……きみは、千代さんと仲がいいの？」

「仲っつーか、オレも千代も水神様の眷属《けんぞく》だから、お互いに困ってりゃあ助け合うくらいの仲間意識はあるよ。だいたい、このご時世に人間のそばで暮らしてやろうなんて、オレみたいなもの好きか、千代みたいに契約で縛られているやつくらいだろ。だから助け合いが大事なわけ」

「契約って？　千代さんは、小町様のご神体に宿る魂《たましい》みたいなものじゃないのか」

「幽霊って意味？　なら、違うぜ」

甲介はメロンの入った桶を頭に載せ、バランスを取りながら言う。

「千代は六百年だか前に水神様の人柱に捧げられたとき、生きたまま神の仲間入りをしたんだよ。だから生身の体も魂も水神様のところにあるんだけど、親代の里のやつが千代そっくりの小町人形ってのを作って拝みはじめただろ？　あれを通してご縁ができちまったから、木人形から離れられずにいるわけ。しかもさ、効能抜群の温泉を独り占めしたがった三澄《みすみ》家の当主が小町人形と祝言をあげて夫婦を名乗りだしたもんだから、千代としちゃ旦那を放りだしてずっと神域にいるわけにもいかなくなって、いまの体たらくになっちまったんだって」

「じゃあ……そもそも結婚は、千代さんをこの家に縛りつけるためのものなのか」

貴司は木桶を丁寧に積み直しながら、暗い表情で言った。

「それなら、嫌がられて当然かもしれない」

「そんな悲観するものでもないんじゃねえの。千代だって祝言そのものは毎回楽しみにしていたわけだし、今度の旦那はどんなふうだってのろけられたのも一度や二度じゃねえし。ただ今回は、相手があんただから困ってるってだけでさあ」

「どうして」

変態だから？　と甲介は指摘してやりたかったが、先ほどから話している限り、貴司から千代が毛嫌いするほどの変態の気配は感じなかった。

代わりに一つ、ぴんときたことがある。

「見えるからだろ」

「きみたちが見えちゃだめなのか」

「だめってことはねえけど、千代にとってはさ、これまでの旦那はみんな見えてないやつらだったから、祝言をあげたって自分勝手にのろけて楽しんでりゃよかったんだよ。なのにあんたは千代が見えるし、こんなふうに言葉も交わせるし、触れるんだろ。そりゃあどうすればいいかわかんなくなって、びびるわな」

「怖がらせるようなことをしたつもりはないけど」

「河童釣りに来る観光客のなかに、たまに見える子供がいたりするんだよ。だいたいオレと目が合っただけでビビり散らかして逃げていくんだけどさ、それと同じ。千代にとっちゃあんたのほうが、六百年ではじめて会う妖怪みたいなもんだ。そりゃあびびるだろ、そんなもん」

「なるほど……勉強になったよ」

貴司が木桶の最後の一つをてっぺんに積みあげたところで、甲介も湯船からあがってきた。青白かった肌がピンク色に染まり、いい感じに茹《ゆ》であがっている。脱衣所の扇風機の風を浴びながら、ほくほく顔でメロンを磨いている姿を見ているうちに、貴司はあることを思いついた。

「河童……甲介くん。そんなにメロンが好きだったら、水菓子用に冷えたのがあるから食べていくかい？」

「え？　なにそれ。いいのっ？」

甲介の赤い目が輝く。素直な反応に笑ってしまいながら、貴司は頷いた。

「もう玄関に馬糞をばらまいたりしないと約束してくれるなら。それと、もう一つ頼まれごとを聞いてくれるなら、一玉まるごとごちそうしてもいいんだけどな」

警戒心は、食欲の前に敗れ去った。

＊

千代にとっては気晴らしが労働なら、罪滅ぼしも労働だ。なにしろ三澄荘の守り神として崇められている立場なので、行動のすべてが旅館と結びつかないわけにはいかない。と、いうわけで――貴司に馬糞の片付けをさせてしまったお詫《わ》びを本人に直接言えない代わりに、一日じゅう旅館のあちこちを磨いて過ごした。

廊下のみならず電球の笠《かさ》、欄間《らんま》の隙間《すきま》、共用トイレの便器の蓋《ふた》の裏まで磨いたため、建物じゅうが清々《すがすが》しい空気に満ちている。もう磨くところがなくなって、気づいたときには夜九時の時報が鳴っていた。本日は宿泊客がいないため、残っているのは女将の由美子だけだ。たすきを外し、パソコンとにらめっこしている背中に声をかける。

「ゆみちゃん、お疲れ様。今日はもうあがるね」

「はい、お疲れ様ー……って、え？　誰？」

由美子ははっとして振り返ったが、もちろん事務所には誰もいないのだった。

ぴかぴかの廊下をのろのろと歩きながら、千代はひたすらに気が重い。

この旅館のなかで今日、唯一磨いていない場所は、千代自身の部屋――奥座敷だけ。

もちろん、緞子《どんす》の布団は朝のうちに貴司が片付けてくれたし、その後はなぜかアロハシャツを着た早百合が貴司にお膳《ぜん》を運ばせ、小町様のお世話についてのあれこれを申し渡していったので、奥座敷のなかが散らかっているということはあり得ない。

ただ千代が、あの部屋に入れば昨夜からの情けない所業をあれこれ思いだしてしまいそうで、いたたまれなくなるだけだ。

（わたし、これまで三十人の旦那様とうまくやってきたじゃないの。お相手がどんなひとだってえり好みしたことなんてないはずなのに、いったいどうしちゃったの）

記憶に新しいところでは、貴司の父……俊司《しゅんじ》はかっこよくて文句なしだったが、その前の当主である早百合の兄は顔立ちはともかく歯ぎしりがひどかったし、その前のひとは口が臭かった。そのさらに前の代はかなりふくよかな体形をしていたので、夏になると暑苦しくて閉口したものだ。それでもこれまで、旦那様を追いだしたいなんていう気持ちにな

ったことはないのに、

（あの口臭はやり過ごせても貴司くんは我慢ならないっていうの？　そんなの、あんまりじゃない）

千代だってわかっていた。千代たちが見えるのは別に悪いことではないし、貴司に責任があるわけでもない。

ただ千代が、貴司の眼差《まなざ》しを思いだすと落ちつかないだけ。

普通にいつもの旅館の手伝いをしているつもりでも、いつ貴司に見つかるかと思うと気が気でなくて仕事に身が入らないし、うっかり振り向いたときに彼がこちらを見ていたりすると、胸がどきどきして息が止まりそうになるし。

そんなひとと結婚したままでいて、例祭のたびに一夜を過ごすだなんて、

（やっぱり無理──────！）

「ああ、もう、どうしたら貴司くんは若旦那さんなんてやめて、いなくなってくれるんだろう」

奥座敷のなかはきれいに片付いており、床《とこ》の間には花が飾られていた。まっすぐ挿した杜若《かきつばた》。早百合にしては潔《いさぎよ》すぎるので、きっと貴司が生けたのだろう。

「もうちょっと、非の打ちどころがあったらいいのに。靴下の匂いを嗅《か》いだら、すごく臭

かったりしないかな」

杜若の香りは清々しい。しょんぼりして、生け花の前で膝を抱えた。前掛けに顔を埋《うず》めてめそめそしはじめていると、とんとん、と広縁のほうから音がした。

千代はぎょっとして飛びあがる。まさか、貴司くんっ？

恐る恐る庭園に面した障子《しょうじ》を開けてみると、甲介が立っていて、ガラス越しに笑顔で片手をあげた。

「いよっ、千代。調子はどう？」

甲介が夜に訪ねてくるなんて珍しいというか、はじめてかもしれない。

驚いたものの、友達がいるのは気が紛れてありがたかった。

「こんばんは、甲介……調子はあんまり変わらないかなあ。あなたのほうはどう？　メロン、食べてみた？」

「それがさあ、もう」

千代はガラス戸も開ける。甲介は広縁に身を乗りだし、目を輝かせて力説した。

「頭のてっぺんまでキーンってするくらい冷たくてさあ。甘い汁が滴《したた》るし、橙《だいだい》色の果肉が柔らかくてとろけてもう、最っ高っ！」

「そうなんだ、よかった」

（まだ熟してないかと思ったんだけど、おいしくて喜んでくれたならよかった）

果物籠には、まだリンゴとオレンジが残っている。興味があるならウリ科以外の食べ物もどうかと、オレンジに手を伸ばした千代に、

「んでさあ、お礼がてら……ちょっと千代に見せたいものがあるから、つきあってほしいんだけど」

甲介にしてはずいぶん改まって言うので、千代は首を傾げた。

「お昼のことならお礼どころか、謝りたいくらいよ。貴司くんはわたしたちのことが見えるんだって教えていなかったものね。怒られて、逃げ回らせちゃってごめんなさい」

甲介の逃げ足は速いが、貴司の俊足もなかなかのものだった。甲介は神域に逃げこんで難を逃れたのだろうが、もし捕まっていたらどんな目に遭わされていたことか。

（昔は、いたずらをして見つかった河童は納屋に吊り下げられたりしていたもの）

貴司がそういうことをするタイプかどうかわからないが、そもそも頼んだのは千代なのだから、甲介が危ない目に遭いそうな事態は避けるべきだった。甲介はなにも気にしていないどころか「それがさー」と、むしろ嬉しそうに鼻を擦る。

「なあに？」

「まあ、災い転じて福となすっていうか――まあまあまあ、男同士の友情ってやつ？　も、

たまにはいいもんだよなーって。ともかく来て、千代」

河童らしくぴょんぴょん跳ねながら急《せ》かす。まったくわけがわからないものの、一人で奥座敷にこもって鬱々《うつうつ》としているよりは、甲介につきあうほうがいいかもしれない。

庭園には昔、そこから温泉が湧きだした謂《いわ》れのある割れ岩があり、その周りに椿が植わっている。もう夜なので静かなものだ。奥座敷の灯《あか》りがほんの周囲を照らす。

庭園に下りた千代がぼんやりと椿の木を見ていると、ふいに視界を布が覆《おお》い、真っ暗にされてしまった。温泉の匂いがする。千代は慌てて、

「ちょっと、甲介。これ、なに？」

「ここの手拭《てぬぐ》い。ちょうどいいから借りた」

「じゃなくて、どうして目隠しするの。なにも見えなかったら歩けない……って、ちょっと！」

目隠しだけならまだしも（かなり嫌だが）今度は体にまで着物の上からなにやらぐるぐる巻きつけられる。藁の匂いと、布目を通してちくちくする感じ――まさか。

「これ、縄っ？」

「いやあ、昔とった杵柄《きねづか》ってやつ？　昔はよくこんなふうに川っぺりを歩く馬をとっ捕まえて荒縄でぐるぐる巻きにして、流れに引きずりこんだもんだよなあ」

「わたしは馬じゃないでしょっっ！」

抗議を聞く耳は持たないらしい。甲介はものの十数秒で千代の手首までぐるぐる巻きに縛りあげ、意気揚々と縄の端をつかんで歩きはじめた。目隠しをされた千代は、引っぱられるままついていくしかない。

「ねえちょっと、甲介ってば！　いったいどこに連れていくつもりなのっ」

「いいとこー」

「せめて目隠しは取ってってたら！　わたしちょっとこういうの……苦手で」

あとの声は消え入るようになってしまい、甲介には届かなかったかもしれない。

目隠しをして、縛られ、なにも見えない状態で歩かされるのは……大昔に経験した。

水神の人柱に捧げられるとき、逃げるつもりなどなかったのに、逃げないようにと縛られ、目隠しもされた。なにも見えないまま、なにが起こるかわからないという恐怖が、まるで昨日のことのように思いだされる。

結果が不幸ではなかったとしても、体に染みついた怖さは消せない。

（どうしよう……）

泣いてしまいそうだ。いまの千代は大人の姿だし、甲介が友達にひどいいたずらをするわけがないとわかっているから、できるだけ余裕の態度でいたいのに。

ひとの姿を崩して、たとえば神様の本性に戻ったら逃げられるだろうが、万が一旅館にいる誰かに見られたりしたらと思うと、そちらも怖くてできない。

とにかく、ここは千代が守る三澄荘の敷地内だから、慣れた場所のはずだ。草履《ぞうり》の先で敷石の段差を探りながら、引きずられていく。椿の葉の香りがした。鼻唄交じりで、至極楽しそうな甲介が立ちどまったところは敷石のない砂利道で、ガソリンの臭いがする。

(駐車場？)

「……さらってきてくれと頼んだつもりじゃなかったんだけど」

この声。穏やかで柔らかだが、呆れたようなこの声は、もしや。

「うっかり気づいて逃げられたりしたら、追いかけるのが面倒じゃん？　この縄さあ、オレの祠に何十年も飾ったままだったの。久々に使えて楽しかったわー、で、報酬《ほうしゅう》は？」

かさかさと聞こえるのは、ビニール袋の音？　それからふわっと感じる……メロンの香り。「まいどありー」と、甲介の嬉しそうな声。にわかに信じがたいものの、

「甲介……メロンでわたしを貴司くんに売ったのっ？」

水神の眷属同士の友情はどこへ。わなわな震える肩に、そっと触れる手がある。

びくっと体を竦《すく》めた千代に、困ったように、

「とりあえず、千代さん……乗ってください」

その手は千代をいったん抱き寄せてから、狭い空間のなかに押しこんだ。

バタン！　と音が響いて、千代は空間のなかに閉じ込められる。

反対方向からも音が聞こえた。空気の流れとともに、気配が隣に滑りこんできたので、

「貴司ぼっちゃまですよねっ？」

問い詰めると、やや躊躇《ためら》いの間のあと、

「……そうだよ」

声と息が近い。とっさに身を縮こめたが、貴司は千代の肩の上から帯のようなものを引っぱってきて体を固定しただけらしく、すぐに離れた。

車が震えだし、チカチカという音が聞こえて、

「いってらー」

と、呑気《のんき》な甲介の声。友達を売るなんてあんまりだ。

目隠しのせいで前が見えない。体は椅子《いす》に縛りつけられ、ガタゴトゴトと、揺れだけが伝わってくる。隣にいるはずの貴司が押し黙っているので、千代はいったいいま自分がどういう状況でいるのかわからず、不安だけがつのった。

（貴司くんはわたしをどうするつもりなの？　どこに運んでいくの？　どんどん旅館から

遠ざかっているのはなんとなくわかるんだけど……）

千代のなかでこういう目に遭わされる心当たりといえば、一つだけだ。本日、必死に試《こころ》みてみた嫌がらせ……というか、たたりの仕返し。きっと千代が貴司を追いだそうとしていたのが本人にばれて、彼のほうから千代を捨てようとしているのに違いない。

「うう……」

六百年もまじめに守り神をがんばってきたのに、一度の気の迷いのせいで台無しだ。前に千代がこんなふうに目隠しをされ、ぐるぐる巻きにされて押しこまれたのは水神の祠のなかだったけれど、貴司はたぶんそんなことは知らない。

きっと、どこか遠くの道端に捨てるつもりだ。

（……、……）

声もなくしゃくりあげ、縛られた手で目元を拭《ぬぐ》う。両手で顔に触れられるのだから、その気になれば簡単に目隠しを外せるのに、パニックになっているせいで気づかなかった。

「……ひっく」

小さくしゃっくりをした途端、乗り物の揺れが止まった。また、チカチカ音が聞こえだしたものの、車は動かなくなっている。貴司の戸惑うような声が聞こえた。

「千代さん？」

「……お願い、帰して、旅館に……もうたたったりしないって約束するから……」

少しの沈黙のあと、貴司の手が伸びてきて、千代の顔から目隠しをとった。目をしばたたかせて周りを見たが、目隠しされているときと大差ない闇《やみ》のなかだ。

前方のライトに照らされた道は山に近づいているように見えた。

(きっと山奥に埋められちゃうんだ)

さらにぶわっと目から涙が溢《あふ》れる。

両手を顔に押しあてて泣き崩れる千代を、貴司が困ったように見ていた。

「手荒な真似になってしまって、ごめん。甲介くんにはただ、あなたを呼びだしてほしいって頼んだだけだったんだけど……怖がらせてしまったんだね、謝るよ。ごめん」

「わたしを捨てる気なんでしょ」

優しい振りなんてしてほしくない。千代はずばりと言ってやった。

「え？」

「ばちをあてる神様なんていらないから、山に連れていって埋める気なんでしょ！　わかってるんだから！」

「えー、と」

少し考えるような沈黙のあと、両手を伸ばして、縄の結び目も解いてくれた。ようやく息がつけるくらい体が楽になったものの、日頃の行動範囲が狭すぎるため、この車から逃げだしたところで無事に三澄荘まで帰りつける自信がない。

まだぐずぐず泣いている千代をよそに、貴司はドリンクホルダーから水筒を引っぱりだすと、蓋のカップに飲みものを注いだ。

「飲む？」

と、差しだしてから、

「ちゃんと小町様に捧げたものだから」

プラスチックのカップを受けとり、一口すると、甘めのコーヒーだった。ミルクも入っているかもしれない。千代はコーヒーよりもお茶党だが、それでも甘くて温かいものは落ちつく。

ふうっと息をついて、泣きやんだのがわかったのだろう。貴司が静かに言った。

「ほんとうに、手荒な真似になってしまったのは謝るよ。奥座敷で静かに話せるならそのほうがよかったんだろうけれど、昨日のこともあるから、僕も自信がないし」

あの写真が、と、言い訳のようにつけ足す。

千代はミルクコーヒーを半分だけ飲んで、カップを両手で包みこんだ。

「話って、なんですか」

「とりあえず……謝ろうかと。たとえあなたが何歳だろうと、女性に年齢を訊くのはたしかに失礼なことだったよね、ごめんなさい」

（ごめんなさい？）

　本日いたずら三昧《ざんまい》をしたのは千代のほうなのに。びっくりして隣を見ると、貴司は心底反省しているふうで、しょんぼりして頭を下げている。ぽかんとしていると、さらに、

「それから小町様のことも」

「はいぃっ？」

　声が裏返ってしまった。

（貴司くんはわたしが小町様だって知っているんだっけ？　ばれているんだっけ？　でも、ばれているならわざわざ年齢なんて訊かないだろうし、ええと）

「祝言をあげたとはいえ、小町様は元々、おやしろ温泉全体の守り神様で、ご神体だ。そんなかたに一般人である僕が軽々しく触れていいわけがなかったんだよね。このことも謝ります。叱ってくれてありがとう」

　ますます深々と頭を下げてくる。

「はあ……」

（この口ぶりからすると、ばれてないのかな？）

もしかすると貴司は、千代を単なる年上のお姉さんだと思っているのかもしれない。千代は見た目の年齢を二十五歳くらいにしているけれど、ちょっとがんばれば、わりと若作りの三十歳くらいに思ってもらえるかもしれない。

貴司とはじめて会ってお手玉をしたのが実は十歳くらいのときだったことにすれば――あれから十七年経ったとしても二十七、八歳……。

(よし、いける!)

六百十四歳ではなくて、二十八歳くらい。これなら貴司も納得するだろうし、千代もしわしわのお婆《ばあ》さんの姿をとらなくて済む。年齢詐称《さしょう》の目途がたったので、握りしめた拳《こぶし》をるんるん振りながら、貴司に笑いかけた。

「もう、何も気になさらないでください。わたしは従業員で、貴司ぼっちゃまは若旦那様なんですから。これからともに力を合わせて三澄荘を盛りたてていくために、お互い細かいことを気にするのはなしにしましょう!」

「……なんだか、急に機嫌が直った?」

「ふふふん」

鼻唄交じりに前を向くと、貴司もほっとしたようで、

「それじゃあ、ドライブの続きをしてもいいかな?」

「ふんふんふん……え？」

貴司がなにか操作をすると、停まっていた車がまたもや震えだし、チカチカ音をたてながら滑るように動きだした。

引き返す素振りはなく、ひたすら山のなかのくねくねした道を上っていくらしい。

仲直りの提案をしたつもりなので、たぶん捨てられることはない、はず。そう思いたいが……捨てるつもりでなければこんな夜に、なんの用があって山奥に行くのか。

緊張しつつ身構えていたが、カーブにさしかかるたびにひどく体が振られるので、だんだん気持ち悪くなってきた。

握りしめたままのカップの中身がこぼれそうになり、ミルクコーヒーを一気飲みする。

それで勢いづいて、矢でも鉄砲でも持ってこいという気持ちになり、口元を拭ったところで……車がどこかの空間に滑るように入り、停止した。

前方についていたライトも消してしまったため、いきなり真っ暗闇だ。

「ぼ、ぼ、ぼっちゃま……あの、いったい」

貴司は身を乗りだして後部座席を探っていた。カチッという小さな響きのあと、灯りが点《とも》る。

懐中電灯らしいが、先端が赤いカバーで覆われており、光の色が真っ赤だ。ようやく手元が見える程度の明るさのなか、貴司は先に車を降り、助手席側のドアを外から開けて、千代に手を差しのべた。

「暗いから、気をつけて」

足元を照らしてくれるものの……四方を押しつぶしてくるような闇のなかに降りて、いったいどうしろというのか。やっぱり捨てられるのかもしれない……それとも？

また泣きそうな気分だったが、貴司のつないだ手は熱く、千代の歩みがためらいがちになっても、ぎゅっと力強く握って放そうとしない。

「あの、ぼっちゃま。どこに……」

千代が問いかけたとき、貴司が立ちどまった。二人の前を、ほんの小さな光がちらつきながら横切る。

（……星？）

こんな近くに？　見あげると夜空はちゃんとあって、濃紺色《のうこん》のなかに星が瞬《またた》いている。

それなのに千代たちの周りにも星がきらめき、貴司が赤い光で指したほうに目を凝《こ》らすと、真っ暗な地上の一面に星空のような光が散らばり、点滅していた。

茫然《ぼうぜん》とする千代に、

「蛍です」

貴司が言う。

「ほたる……」

そういえば昔、どこかで見たことがあるかもしれない。あれは村の子供たちと遊んでいたときだったろうか。真っ暗闇を、きらめきながら飛ぶ不思議な虫。

「このあたりはヒメボタルの生息地として有名で……小学生のとき、校外学習で連れてきてもらったことがあるんだ。そのときはもっと早い時間で、ここまで真っ暗じゃなかったけど……きれいだったから、いつか千代さんに見せたくて」

「わたしにですか」

「そう。きれいだったから、一緒に見たくて」

ぽつりと呟《つぶや》く貴司が何を考えているのか、いまだによくわからない。

でも、こんな星空のような光のなかになら、置き去りにされてもそんなにさみしくはないような気がした。

（そうかな？　どうだったかな……もう忘れちゃった）

人柱にされたときの気持ちなんて、蛍がきれいすぎて、もう思いだせない。

足元に飛んでくるものを踏みそうになるので、草履を少しずつ進めながら歩く。洞窟《どうくつ》のような茂みのなかにも光が集まっているのを見つけて、身を屈めてうっとりと覗《のぞ》きこんでいると、ふいに貴司の手が千代の髪飾りに触れた。

「ぼっちゃま?」

驚いて、振り仰ぐ。

赤い懐中電灯に照らされた貴司の顔も、少し驚いているようだったが、

「……蛍が、かんざしの椿にとまっていたよ」

「そうですか?　本物の花と間違えたのかな」

甲介にぐるぐる巻きにされたり、車で大泣きしたりで、髪が乱れているかもしれない。

つまみ細工の、赤い椿のついたお気に入りのかんざしを引き抜くと、編んだ髪がはらりとほどけて腰まで覆った。

(あら、みっともない)

髪の束にかんざしを挿してくるくると絡め、挿しなおすまであっという間だ。

(いいかな?　どうかな?)

鏡がないので、ちゃんとしているかどうか判断しづらい。貴司に訊けばいいのだけれど……うかがうように見ると、千代が今日追いだすつもりだった旦那様も、眩《まぶ》しいものを見るように目を細めてこちらを見ていた。視線の意味がわからず、首を傾げる千代に、

「そのかんざし……ずっとつけてくれているよね。ありがとう」

てくれた。

「そりゃあ、お気に入りですもの」

お礼を言われる意味がわからず、ぽかんとしていると、貴司が小さく溜息をついて教えてくれた。

「僕が修学旅行のお土産《みやげ》にあげたものだよね？」

「えええっ、そうでしたっけ？」

なにしろ基本的に着替えたりしない生活を送っているため、気に入ったものは朝から晩まで着たきりの、つけっぱなしだ。浅緋《あさあけ》色の籠目《かごめ》模様の着物は由美子が子供のときにくれたものだし、椿のつまみ細工のかんざしは……。

眉間《みけん》に指をあて、記憶を振り絞って思いだす。あれは——十年くらい前。千代がいつもと変わりなく廊下の雑巾がけをしているところに、貴司が現れた。

そのときでもう、会うのは数年ぶりだったと思う。貴司も由美子たちと同じように、小学生になってから旅館に寄りつかなくなったため、とっくに千代の姿も見えなくなっているだろうと思っていたのに、まるで別人のように背が伸びて現れた少年は、目が合ってびっくりする千代にいきなり紙包みを押しつけた。

——これ、あげる。

——なんですか？　貴司ぼっちゃま、大きくなられましたねえ……。

――修学旅行のお土産。気に入らなかったら、捨ててもいいから。

包みを開けた千代は、絹製の椿の花を見て歓声をあげたが――お礼を言おうとしたときにはもう、貴司はいなくなっており、狐につままれたような出来事だったため、あまり記憶に残らなかったらしい。

その後すぐに貴司は家を離れて、遠くの学校に通いはじめてしまったから、余計に。

「……すみません、ぼっちゃま」

「どうしたの、千代さん」

「わたし、ぼっちゃまにかんざしをいただいたことをすっかり忘れていました……気に入ってつけていたのに、つけているあいだ、あなたのことを思いだしもしなかったんです。ちゃんと覚えていたら、昨夜も、もっと違うふうにお話しできていたかもしれないのに」

「違うって、どんなふうに？」

いまさら問いかけられても、わからない。けれどこんなふうに、きれいな蛍の光を見せてくれたり、千代好みのかんざしを選んでくれるような旦那様だと知っていたら、追いだしたいなんていう気の迷いすら生まれなかったはずだ。

（どんなふうって……もうちょっと、怖がったりしなかったり？　たとえばこんなふうに外に連れ出してもらえることも……嬉しかったり）

もじもじして落ちつかない千代を、貴司が懐中電灯で照らした。

赤い光に、赤い椿が神秘的に浮きだす。

蛍たちは千代を慕っているらしく、彼女の周りの一角だけ、星空が濃かった。

貴司はくすっと笑って、灯りを千代からそらした。

「――いいんだよ。僕のほうこそ、こうして会えるようになるまで千代さんを避けていたんだから」

がん、と殴られたような衝撃を受けた。理由はわからないものの、なぜか泣きたくなってしまう。千代は懐中電灯を握った貴司の腕を取り、ぶんぶん揺さぶりながら、

「どうしてですか？　ぼっちゃまは、千代がおきらいだったんですか」

「そんなわけないだろう。避けていた理由は……教えられないけれど」

「教えてください。わたしにいけないところがあるなら直しますから」

「教えないよ」

「教えてくださいったら」

押し問答する二人の周りを、蛍が飛び交う。呼吸する星のような小さな光は、人も神も分け隔てなく貴司の手にとまったり、千代の髪にとまったりしていた。

三　たたり神になっちゃったっ？

貴司《たかし》が三澄荘《みすみそう》の若旦那《だんな》になって、九日。

旅館の客が、爆増していた。ルルル……。

「はい、三澄荘でございます。宿泊のご予約ですね、お名前をお伺《うかが》いしても……」

「もしもし、三澄荘でございます。先日はご予約ありがとうございます。今夜の人数の最終確認を……はい、十人？　増えると。かしこまりました……」

やまない電話の後ろでは、リネン庫から出てきた貴司が手の空いている従業員を探して、千代《ちよ》を見つける。

「千代さん、すみません。男物の浴衣《ゆかた》が足りなくなりそうなんだけど、予備の場所を知りませんか」

千代はラウンジから下げた茶器を厨房《ちゅうぼう》に運ぶところだったが、元気な笑顔で、

「浴衣ですか。はい、いまお持ちしますから！」

「場所を知りたいから、僕も行きます」

千代についていこうとする貴司に、電話を切った由美子《ゆみこ》が声をかけた。

「貴司、ごめん。五時からの宴会の人数が十人、増えるんですって。タミさんに伝えてちょうだい。それからテーブルの数が……全部並べても足りないと思うのよ。そっちの手が空いてからでいいから、母屋《おもや》に行って、おばあちゃんの部屋のテーブルを運んできて。あれは昔、宴会場で使っていたやつだから」

「わかりました」

祖母の早百合《さゆり》は一昨日、念願のハワイに旅立った。旅立つ前の数日でなぜか腰の調子が劇的によくなり、転地療養は必要なさそうだったが、どうしても行きたいものは行きたいらしい。

「お待たせしました、ぼっちゃま……！」

千代が厨房から駆け戻ってくる。「そんなに急がなくても」と貴司は苦笑しつつ、せかせか歩く千代と同じ速さで歩きはじめた。

「千代さん。浴衣のあと母屋からテーブルを運ばなきゃならないんだけど、つきあってもらえますか」

「力仕事ですか？　もちろん、大丈夫ですよ！　千代は力持ちですからね！」

たすき掛けで剝《む》きだしの白い腕を振りながら、千代が力強く言う。「頼もしいね」と笑いながら事務所を出て行く貴司をちらっと見送り、

「ずいぶん仲がいいわねえ」

と、呟《つぶや》く由美子に、番頭の林《はやし》が声をかけた。

「貴司ぼっちゃん、帰ってきていきなり若旦那なんて荷が重いかと思ったけど、一生懸命働いていらしていい感じじゃないですか？　女将《おかみ》さんも安心でしょう」

「まあ、そうね」

いまいち考えの読めない息子だが、家業を張り切って勤めてくれるなら何よりだ。

由美子は女将らしくきちんと結うようになった髪に触れ、何気なく言う。

「貴司もまだまだだけど、いたらないところはあの子がサポートしてくれるから……」

そこで言葉を切った由美子に、林は首を傾《かし》げながら訊《たず》ねた。

「ああ、あの子……貴司ぼっちゃんがよく話しかけているあの子って、誰でしたっけ？」

「誰って、誰のこと？」

「さあ」

話しているうちに、わけがわからなくなる。三澄荘の従業員は、女将の由美子と若旦那の貴司、番頭の林、調理場の鈴木《すずき》夫妻と、仲居が二人。

貴司と出ていった娘は、仲居の格好をしていたような気はするけれど……。

「まあ、いいわ。それより林くん、これをちょっと見てみてくれない？」

もやもやすることは頭から振り捨てて、由美子は番頭にパソコンの画面を見せた。


千代は旅館の知恵袋だった。とにかくなんでもよく知っている。予備の浴衣は布団部屋に仕舞いこまれているし、大広間のテーブルは倉庫のものを出しても十一しかないので、五十人の宴会には足りないだろうとか。

「いきなり十人も人数が増えたら、タミさんたちは大変ですねえ。そんなに大人数の宴会なんて二十年以上ぶりですよ。宴会のあとは宿泊してくださる方もいらっしゃるみたいで、大忙しでわくわくしますね」

「そうだね。ありがたいことだけれど、千代さんも忙しくて……大変じゃない？」

「いいえ、ちっとも！　千代は忙しいほうがありがたいですし、嬉《うれ》しいですよ。だって」

（守り神ですし）

と、ばらしたいのを堪《こら》える。

蛍を見に連れていってもらった夜から、貴司とはだいぶ普通に話せるようになった（なにしろ年齢詐称《さしょう》の目途がついた）ものの、まだ自分が三澄荘の守り神の小町《こまち》御前だとは明かせていなかった。

(そろそろ言ってもいいような気はするんだけど)

なんとなくだが、貴司は千代が小町様だと知ってもありのまま受け入れてくれそうな気がする。

でも、早百合がハワイに発ったあと、奥座敷の世話を一任されたのは貴司だ。

毎朝毎夕、小町御前人形の埃《ほこり》を丁寧に払い、お膳《ぜん》を運び、手を合わせて——信仰してくれるのはありがたいし、神威を保つために必要ではあるのだけれど、目の前で自分自身を崇《あが》められるというのは、照れくさいというか恥ずかしいというか。

まだ正体を知られていないから我慢していられるけれど、もし小町様と千代が同じものだとばれたあかつきには「お世話なんかもういいですから!」と言いたくなってしまいそうだ。根が、遠慮がちなたちなのである。

(あーあ……でも、貴司くんにお世話をされるようになってから、神威がみなぎっているっていうか、なんだか力が溢《あふ》れて張り切っちゃっているんだよね。だから旅館のお客様が増えているんだろうけれど、忙しくなりすぎて貴司くんが疲れちゃったりしていないかな、どうかな)

浴衣の補充を済ませたあと、母屋にテーブルを取りに行くために、連れだって庭園に出た。まだ中休みの時間帯なので、鶯《うぐいす》の鳴き声も、虫の羽音も聞いているのは二人だけだ。

割れ岩と椿《つばき》のあいだの小道を通り、玉砂利《じゃり》をさくさくと踏みながら、母屋を目指す。

母屋は庭園から見えないように配慮されて、木々の向こうに建っていた。

(そういえば)

二階建ての屋根が見えたところで、千代は気づく。

(わたしって、母屋に入ったことってないんだった。旅館の守り神だから全然気にしてなかったけど……いまの母屋が建ってから、何年になるのかも知らないわ)

三澄荘は千代の生家あとに建てられており、もともとは三澄《みすみ》家の家族も同じ建物のなかで生活していた。母屋を分けたのは戦後、湯治場を本格的な旅館に建て替えたときなので、おおよそ七十年、千代は三澄のものと分かれて暮らしていたことになる。

(いまの母屋って、貴司くんが生まれ育った家なのよね。俊司《しゅんじ》さんも、そこに住んでいたんだよね。わたしなんかが入っちゃっていいのかな、どうなのかな。貴司くんの部屋って……どんなふうなんだろう)

膨らむ期待に反して、目の前に現れた母屋は古風でもない普通の民家だった。由美子と俊司が結婚する際に建て替えたので築三十年ほどのものだが、千代が知るはずもなく、

「ちょっと待ってて」

と、貴司がポケットから取りだした鍵で玄関を開ける。扉を開け放していったので、千代も入っていいのだろうと思うものの、敷居をまたぐ勇気がなかなか出なかった。

はじめて見る、三澄荘以外の家のなかだ。壁紙は白く、床は板張り。貴司は適当に靴を脱いでなかに入っていってしまったが、所作が旅館にいるときよりくだけた感じで、それが彼の素なのかもしれないと思う。短い廊下の突き当たりのドアも開いたままで、切りとられた空間のなかに、食卓らしき大きめのテーブルが見えた。そこが家族の過ごす場所なのだろう。貴司も、由美子も、早百合も俊司も、あのテーブルで同じご飯を囲みながら、どんな家族の会話を交わしてきたのか。

（いいなあ）

ちょっと心が疼《うず》いた。もちろん無理に決まっているけれど、できるなら千代も、旦那様と同じ屋根の下で暮らしてみたいのに……。

「千代さん」

「ひゃっ」

食い入るように見つめていたテーブルの横からいきなり貴司が顔を出したので、千代は飛びあがった。貴司が目を丸くする。

「ごめん、待たせちゃって。入ってきてもよかったんだけど……って、どうしたの？」

「いいえ、いいえ！　なんでもないんです。ぼっちゃまこそ、大丈夫ですか？」

「テーブルが、ね。重さは大したことないんだけど、襖《ふすま》に引っかかっちゃって。玄関から出せそうにないから、外にまわってみてくれる？」

「は、はい！　わかりました！」

玄関を離れて貴司の指さしたほうに向かうと、庭園に面したガラス戸が開いた。ガラス戸のなかは広縁になっており、その奥が和室らしい。

シャツの袖《そで》をまくった貴司が漆《うるし》塗りのテーブルを持ちあげ、広縁まで運んできた。背が高く感じた。腕の筋は引き締まっているし、足は長いし。ずいぶん男の人らしく見えるので千代がぽうっとしていると、顔の前にテーブルが突きだされて、

「千代さん、ちょっとそっち、支えていてくれる？」

「あ、はい……っ」

沓脱《くつぬぎ》石に女物のサンダルが放置されており、貴司はそれをつっかけて庭園に下りた。ガラス戸だけを適当に閉めて「じゃ、戻ろうか」と言うので、

「あの、ぼっちゃま。鍵は？」

「あとで戻ってくるから大丈夫だよ。母屋には盗まれるようなものもないし」

「不用心じゃないですか」

「平気だって」

貴史の言うとおりテーブルの重さは大したものではなかったが、長さがあるので、やはり二人がかりのほうが運びやすかった。

「ぼっちゃま、戸締まりって大事なんですよ。世の中には泥棒さんだっているんですから」

「心しておきます」

さっさと大広間まで運びこみ、テーブルと座布団の数を確かめたあと、千代は厨房を手伝いに行き、貴司も事務所に戻って林の指示のもと雑用に走り回った。

そこから夜の宴会終了まで、二人は声をかけあう暇さえなかった。

＊

「つ・か・れ・た〜〜〜〜〜」

千代の正体は小町御前。つまり神なので体力は無尽蔵のはず……だと自分では思っていたのだが、この日は奥座敷に入るなり、へたりこむほど疲れてしまった。

（はりきりすぎちゃったのかなあ。わたしががんばるほど旅館のお客様は増えるからいいんだけど……それにしてもちょっと、くたびれすぎたかも）

畳を這《は》いながら床《とこ》の間に向かい、小町御前人形に抱きつく。昔の誰かが千代の姿を彫り、祈ることでご縁をつないでくれた木人形は、それ自体が千代の神域への出入り口だ。ひんやりした木肌に頰《ほお》を押しあててじっとしているだけで、意識がぼんやりと遠ざかって地底湖のある洞窟《どうくつ》が見えてくる。木と草と、温泉の香り。普段、意識してひとの形に押しこめている体が緩んで、足先から解放されていく心持ちがした。

（ああ、癒《い》やされる――……）

好き好んで旅館で暮らしているとはいえ、本性は神だ。神域で、清浄な空気をいっぱいに浴びて寛《くつろ》ぐほうが断然回復が早いに決まっている。ただ、今夜は三澄荘の宿泊客が久しぶりに多いため、念のため、完全に神域に戻るのはやめておこうと思っていた。なぜか神域で過ごすと、ほんの一日のつもりが半年も過ぎていたりするのだ。

（とりあえず……雰囲気だけ感じながら、寝てみようっと）

意識だけ半分神域に突っ込み、うとうとしながら休憩していたとき、向こうの世界で大《だい》音声《おんじょう》が響いた。

『ちょっと、千代。あんた帰ってきてんの？』

この声は……、

「水乃《みずの》ちゃん」

神域にいる、大事な友達だ。そして声を聞くのは久しぶり。

「今日は帰れないけど、そっちを見てるよー。元気？　いま、なにしてるの……」

嬉しくて話しかけたのに、少女のほうは素っ気なく、ふん、と鼻を鳴らして、

『なーによ。新しい旦那と結婚したからってちっとも帰ってこないで、薄情者。あたしはあんたなんか知りませんからねーだ』

「ええっ、そんなあ。久しぶりなんだからもっとお話ししようよ……」

友達を呼びとめようとしたとき、奥座敷の襖を、ほと、ほと、と叩く音が聞こえた。

意識が現実に引き戻される。はっとして目が覚めた千代は、自分の姿におかしいところはないだろうかと、襟元《えりもと》やうなじを手で撫《な》でつけてみて、とりあえずいつもどおりなのを確かめた。そして襖を振り向き、

「はーい。どなた？」

「僕」

よく考えるまでもなく――いま、早百合に代わって小町様の世話をしているのは貴司だし、そのために奥座敷に用があるのも彼だけだ。千代が見えていて、ノックのような気づかいをするのも貴司だけ。でも、

（なんのご用なのかな）

もう夜遅いし、彼も仕事あがりの時間だろう。緊張しつつ身構えていると、貴司がそっと襖を開いて、片手にぶら下げたビニール袋を掲げてみせた。

「千代さんに、差し入れ」

「わたしにですか？」

「うん。今日は忙しかったし、テーブルを運ぶのも手伝ってもらったから。入ってもいい？」

千代は頷《うなず》く。現れた貴司は、まだ仕事着のワイシャツを着たままだった。まっすぐ座敷を横切って床の間に向かうと、小町御前人形の前にビニール袋から出したものを並べ「小町様、どうぞ」と手を合わせて拝む。千代は首を傾げて覗《のぞ》きこんだ。

透明なカップに入った、色とりどりの果物入りの……あんみつ？

「おばあちゃんが、ハワイに行っちゃったんだけど、冷蔵庫に大量に残していったんだよ。うちじゃ誰も食べないから、よかったら千代さん、どうぞ」

「あんみつって、あんみつって……あんこですか？　うわあ」

「あんこと黒みつ入りって書いてるけど。好き？」

「大っ好きです！　うわあ、やっぱり疲れたときには甘いものですよね、うわあ」

カップは二つあった。目を輝かせて片方に手を伸ばしてから、ふと気がついて、

「ぼっちゃまも一緒に食べましょうよ」

「千代さん、どっちも食べてもいいよ」

「でも、二つありますし。一緒に食べたほうがおいしいですから、ね？」

にこにこしながら片方を貴司に押しつけ、座卓の前にぺたりと座る。透明なカップを持ちあげてみたものの、あんこも寒天も透けて見えているのに、どうやって食べたらいいのかわからなかった。

貴司が横から手を伸ばしてビニールを剝がし、プラスチックのスプーンも添えて渡してくれる。

「どうぞ」

「わー。おいしそうっ」

どこかの和菓子屋の有名商品というわけでもなく、スーパーで売っている品物だが、半透明の寒天とみかんのシロップ漬けの組み合わせは最強だ。

黒みつのかかった寒天にちょっとあんこをのせて食べるのがたまらない。

（ああ、幸せー……）

あんみつはおいしいし、目の前で貴司がカップを開け、微妙な顔をしながら一緒に食べはじめたのも嬉しい。行儀悪く足を伸ばして、貴司を眺めながらあんこを味わっていると、貴司も千代の視線に気づいて見返してきた。

「千代さん。今日はずいぶん疲れたみたいだったね」

「そうですねえ。さすがに五十人分のお運びはちょっと。でもぼっちゃまこそ走り回っていらしたから、疲れたでしょう？」

「まあまあね。でも、お客様がいらして疲れるっていうのは贅沢《ぜいたく》なことだよ。未熟者だから、行き届かなくて林さんに叱られることも多いんだけど」

「ぼっちゃまはがんばっていらっしゃいますよ。千代がお手伝いしますから、失敗なんか気になさらないでどーんと構えていらしてください！」

「ありがとう。心強いけど……千代さんは？　急にお客様が増えたから、無理をしたりしていない？」

「とんでもない！　無理なんてっ」

小さなスプーンをぶんぶん振って否定してから、あんこをつつきつつ考える。

（そもそも、忙しいのはわたしのせいですし）

俊司が失踪《しっそう》してから二年のあいだ、三澄荘はお客が入らないばかりか従業員の周囲に不幸が相次ぐ事態に見舞われ、まさに経営の危機だった。ところがこの九日で厨房の鈴木夫妻は仲直りしたし、早百合の腰も回復、宴会や宿泊の予約が続々と埋まりはじめている。

その理由はもちろん……千代が、貴司と結婚したから。

旦那様がいると、嬉しいのだ。それがかっこいい人なら、なおさら。千代が楽しく旅館を手伝っているから神威が発揮されて（無駄に張り切っているぶん余計に力がばらまかれて）急激な幸運と、お客様を引き寄せる事態になっていると思われる。

（ちょっとは落ちつかなきゃ。制御しなきゃ。わたしは神様だから体を壊したりはしないけど、貴司くんたちが疲れて倒れちゃったりしたらなんにもならないんだから）

過ぎたるは及ばざるがごとし。自分に言い聞かせながらあんこの溶けた黒みつを最後まですすり、カップを置く。両手を合わせてお辞儀をした。

「ごちそうさまでした」

「お粗末さまでした。千代さんは、あんみつ好きなんだね」

「小豆《あずき》ならなんでも好きです。あんみつはですねえ、昔、早百合ちゃんがよくおやつを運んできてくれて、一緒に食べて……」

早百合は貴司の祖母で、早百合が千代を見ることができたのは六十年以上前のこと。当時の板長が夏になると寒天を作ってくれ、氷で冷やした寒天に黒みつをかけたおやつがごちそうだった。たまにあんこがついていたり、缶詰のみかんが添えられていたりすると食べてしまうのがもったいないくらい喜んだものだ。

懐かしい思い出話を、貴司はにこやかに頷きながら聞いていてくれる。途中で千代がはたと気づいて、

（待って。わたしは二十八歳のつもりなんだから……貴司くんのおばあちゃんとおやつを食べたお話って……どうなの？）

しかも大女将を早百合ちゃんなどと呼ぶのは、従業員としてどうだろう。眉根を寄せて考え込んでいるあいだに、ようやく貴司もあんみつを食べ終えて手を合わせた。

「ごちそうさまでした」

「あ、ぼっちゃまも終わりました？　あんみつ、おいしいですよね」

「まあね、夏にはいいかな……ところで千代さん、明日のことなんだけれど」

「はい、明日？　また宴会が入りましたか」

「いまのところはないよ。そうじゃなくて、十九日」

「はあ、じゅうきゅう……はっ？」

すぐにぴんとこなかった自分を呪いたい。

十九日は千代の月命日で、小町様の例祭……代々の当主が、奥座敷で夜を過ごす日だ。

そして三澄荘の現当主は貴司であり、小町様は――千代。

貴司はあんみつの空容器を重ねながら、千代と目を合わせないようにして言う。

「明日、いちおう僕は早あがりの予定なんだけど」

「そ、そ、そうなんですか」

「僕がここで一晩を過ごしても、小町様は怒らないでくれると思う?」

穏やかに、探るように訊ねてくる。どうして千代に訊《き》くんだろうと思わないでもなかったが、祝言の夜にさんざん説教をしたことを考えれば、確かめたくなるのも当然かもしれない。

頬が熱い。なぜか泣きたくなりながら、答えた。

「もちろんです。貴司ぼっちゃまは、小町様の……夫ですもの」

「千代さんも、僕が小町様と結婚していてもいいって、認めてくれるのかな」

「もちろんです……」

泣きそうなのを我慢しているのでおかしな表情になっていると自覚しつつ、無理やり笑顔をつくって貴司に向けた。

「ぼっちゃまは、働きもので、三澄荘のためにがんばってらっしゃいますもの。小町様が、あなたを認めないはずありません。明日の夜も、きっと……貴司くんを、お待ちしているはずです」

貴司の虹彩《こうさい》は普通の人より青みがかって、澄んでいる。その目で心まで見通されそうで、千代はだんだん下を向いてしまった。明日の夜、貴司とここで一晩過ごすというのは……どんな気持ちだろう。なにが起こるのだろう。これまで三十回以上も祝言をあげてきて、何百回となく結婚相手と同じ夜を過ごしてきたのに……心が緊張で、破裂しそうだ。

正座をした膝《ひざ》の上で、両手を握りしめる。貴司の手がすっと伸びたので、体を竦《すく》めたが、彼は畳に手をついて身を乗りだしただけで、千代のかんざしに顔を近づけると、

「じゃあ、明日」

と、囁《ささや》いた。千代はこくん、と頷く。

襖が開いて、閉じ、貴司の気配が遠ざかるまで、顔をあげることができなかった。

(もう言っちゃおうかな)

貴司が出ていったあとの、静かな奥座敷。小町御前のご神体の前で膝を抱えながら、千代はぐるぐると悩んでいた。貴司に、千代が小町様だと。たぶん、知っても貴司は怒らないと思うし、受け入れてくれるのではないかと思う。

木人形と真面目に結婚しようとしていたくらいだから、千代とだって、真面目に……。

(どうなるんだろう)

よくわからないが、怖い。相手に自分が見えていないときは、好き放題に寝顔をいじく

って楽しめていたのに、今度は貴司に寝顔を見られてしまうとなると、間抜けな顔だったらどうしようとか、涎《よだれ》が垂れたりしたら幻滅されるかもしれないとか、いろいろ心配ばかり湧きおこってくる。そしていちばん気がかりなのは、

(神様だってばれたら……一緒に働いてくれなくなったり、しないよね?)

千代は千代だが、小町様は三澄家の人間にとって信仰の対象だ。貴司だって朝な夕なにお膳を運び、熱心に手を合わせてくれている――その中身が、たすき掛けで旅館じゅうを走り回っているというのは、彼にとって認められる事態だろうか。

(……よくわかんない。わたし、もとから神様だったわけでもないし)

悩ましいにもほどがある。いっそ二十代の大人の女性の姿などやめて、神としての本性をさらして正体を明かしてしまおうか。そうしたら寝顔を見られる心配はなくなるし、さらに崇拝《すうはい》してもらえるかもしれない、が……。

(本性って、人間じゃない姿なんだよね。どん引かれちゃったら、立ち直れなくなりそう)

「……水乃ちゃーん」

試しにご神体に話しかけてみたが、神域の友達は無視を決め込んで、返事をしてくれなかった。千代はむくれて仰向けに倒れ、天井を見あげる。

(……明日、考えよ)

目を閉じてまどろみに身を任せようとしたとき、コンコン、と窓を叩く音が響いた。

障子《しょうじ》の向こうから「千代ぉ……助けてくれぇ」と、悲し気に呼ぶ声が聞こえる。

＊

あんこというものは、どうして甘いのだろう。

いろいろ考えるあまり長湯してしまった。風呂あがり、冷蔵庫を開けてみると、早百合が残していったあんみつのカップがまだ三つばかり残っている。

それとなく目を逸《そ》らしながら缶ビールを取り、ドアを閉じると、

「ねえ、貴司。あんたがあんみつ食べたの？」

食卓から由美子が声をかけてきた。もう日付が変わる時刻で、お互いにいちおう仕事は終わっている。

「まあ」

「珍しい。あんたって、あんこ大嫌いじゃなかった？　あんこっていうか、甘いもの全般鳥肌が立つほど苦手なのよね」

さすが母親。よく知っている。

「たまに、食べたくなるときもあるんだよ」

「へえ。成長したの」

半分は嘘《うそ》だった。小学生のある時期を境に甘いもの全般が食べられなくなり、どうしても仕方ないときは丸呑《の》みするが、基本的に甘味を連想させるものはそれが果物であろうと遠ざけておきたい。

(千代さんを見えるままでいる代償なんだから、仕方ないんだよな)

小学生のとき、親代《おやしろ》の里の産土神《うぶすながみ》に、いつまでも千代を見える目が欲しいと強く願った。おやしろ神は、願いは叶う代わりに失うものもあるだろうと教えてくれ、その通りのことが身に降りかかったのだった。千代や、甲介《こうすけ》のような河童《かっぱ》や、そのほかのいろいろなものを見ていられる目を保つ代わりに、貴司の体は甘いものを受けつけない。

でも……さっきは、食べられた。

(寒天で味が薄まるからかな)

それとも、千代と一緒だったから。彼女があんみつをあまりにもおいしそうに——嬉しそうに食べてくれるから、貴司もついのせられて、食べられるような気がしてしまった。

(ちょっと胸やけはするけれど)

貴司が母屋に戻ったときからパソコンに向かっていた由美子は、まだ何やら真剣に画面

を眺めている。貴司は缶ビールを開けながら母親に近づき、

「熱心だね。まだ仕事してるの？」

「んー。まあね」

飲む？　と差しだすと、由美子は嬉しそうにビールを受けとった。

遠慮なしに一気飲みしてから、缶を掲げて息子を見る。

「あんたがよく働いてくれるおかげね。さっきも予約が入って、ついに今週末は満室よ。若旦那に乾杯したくなっちゃうわ」

「僕のおかげじゃないよ」

貴司は由美子の正面の椅子《いす》に腰を下ろした。多少喉《のど》は渇いているものの、台所に引き返すのが面倒くさい。食卓に頬杖をついて目を閉じると、そのまま寝てしまいそうなほど疲れていたが、夢うつつで思い浮かぶのは千代の姿ばかりだ。

浅緋《あさあけ》色の着物にたすきをかけて、前掛け姿で、大真面目に嬉しそうに旅館じゅうを駆け回っていた。掃除機もかけるし、はたきも、箒《ほうき》も使う。配膳《はいぜん》もする。誰よりも動きまわっていて、忙しそうな姿を見ないときはないくらいなのに、由美子もほかの従業員たちも、千代の存在を知らない。誰かが働いているのはわかっていても、それが誰なのか気づかない。宴会の最中、貴司が意識して見ていると、千代は料理を運ぶ際に厨房に「これ、もう

できあがってますよね？」と確認していた。板長のタミさんは「はい、よろしく」と返事をするが、千代がその場からいなくなったとたんにきょろきょろ周りを見回して「あれ、誰かいた？」と首を傾げ、疑問に思ったこともすぐに忘れてしまうらしい。

（誰も気づかないんだな、千代さんに。誰よりも三澄荘のために働いてくれているのに）

そして千代が手をかけたところは、床であれ布団であれ料理であれ、きらきらと生気を与えられたように輝く。一つ一つは淡い光であっても、彼女が働いたぶんだけ輝きが重なっていくので、貴司の目には眩《まぶ》しいくらいだった。帰郷したとき、幽霊でも出そうだった古い三澄荘が、この九日のあいだにレトロ感溢れる洒落《しゃれ》た建物に生まれ変わり、だから客が爆増したのだと理解している。改築したわけでもないのに。

（やっぱり神様なんだな……）

旅館を継いだ身としては、もちろんお客様が増えるのは嬉しいし、予算をかけずに建物がきれいになるのなら、そんな願ったりなことはない。

けれどそれがみんな小町様のおかげとなると――やや複雑な気持ちだった。

もちろん、千代が楽しそうに働いているのはわかる。三澄荘を大事にしてくれているのもわかる。でもそれは彼女がこの旅館の守り神だからで……彼女が守り神でいてくれるのは、三澄家の過去の当主が小町御前人形と無理やり祝言をあげたからだ。

(僕は別に、旅館のために千代さんと結婚したいわけじゃ……したわけじゃ、ないんだけどな)

代々の三澄家の男たちは、小町御前と儀式をするいっぽうで、ちゃんと人間の女性も娶《めと》って家庭を築いてきた。甲介によれば、夫たちは誰も千代が見えなかったそうだから、罪悪感を抱く必要もなかったのだろう。けれど、貴司は違う。

幼い頃から千代が見えていたし、いまも見えているし、触れることだってできる。ずっと千代の夫になりたかったし、なれたからには一生を夫婦として添い遂げたい。でもそれは……貴司の生きているあいだずっと、小町様を利用し続けるのと同じ意味だ。

(千代さんに選択肢《し》は……なくもないのか。祝言のすぐあとは、僕を追いだしたがっていたようだし)

甲介の協力のもと、蛍を見に行ったあとから態度が変わった。いたずらはしなくなったし、先輩従業員として仕事を教えてくれるようになったし、なにより、さっき——小町様は貴司を待っていると、言ってくれた。

それはほんとうに結婚をしてもいい、という意味だろうか。

(そもそも千代さんは結婚ってどういうものだか、わかっているんだろうか)

誰も彼女が見えていなかったのなら、千代は代々の夫たちと一度もなにもなかったと考えていいのだろうか。

そうであってほしいと願う気持ちと、なにもない結婚というのが千代にとっての常識だったらどうしようという不安のせめぎあいだ。もちろん貴司は千代が大好きなので、一緒にいられるだけで嬉しくはあるのだが、そのまま一生なにもせず我慢し続けろというのはかなりの苦行というか。でも、祝言の夜はからかっただけで逆上されたし、

(僕はどうすれば……)

「ちょっと貴司、寝るんなら部屋に行きなさい」

由美子の声にはっとする。何分経《た》ったのか知らないが、貴司の母は缶ビールをちびちびやりながら、まだパソコンに向かっていた。

「仕事じゃないんなら、母さんも寝たら？　明日も忙しいんだろうし」

「そうね、そろそろ寝るけど……貴司あんた、明日は早あがりになっていたけど、なんか予定あるの？」

「うん、まあ」

明日というか、日付をまたいだのでもう今日のことだが、奥座敷で過ごすために夜の予定を空けている。でも、母の由美子は昔から小町様に対して冷ややかなので、貴司もあいまいにごまかそうとしたのに、

「明日って、十九日よね。まさか、小町様のところで過ごすんじゃないでしょうね」

ずばりと言い当てられて、困った。守り神との結婚は当主の義務なのだから堂々としていればいいはずだが、貴司にとっては、いまいち気持ちのはっきりしない好きな子と初夜を過ごせるかどうかの瀬戸際だ。できるだけ母親に邪魔してほしくないため、

「まさか」

やや心が痛みつつ、ごまかした。由美子がほっと息をつく。

「ならいいけどさ。ちょっと、この改装案、どう思う?」

「改装って、うちの?　やっとお客様が戻ってきはじめたっていうときに、どこを工事するんだよ」

「いまの客室にはとりあえず手をつけないで、増やすのよ。奥座敷を改築するだけなら通常営業に問題はないでしょ」

「はあ?」

貴司は呆《あき》れたが、由美子は本気らしい。こちら側に向けてみせたパソコンの画面は間違いなく三澄荘の見取図で、別画面には奥座敷の改装案がいくつか載っている。

「客室を二つ増やしてもいいけど、それよりも広めの和洋室にして、温泉を引いた内風呂をつけてもいいかなって。そうすれば新婚旅行のお客様なんかに喜ばれるし、旅館の目玉

にもなるわ」

「奥座敷は、小町様の部屋だよ。改装するのはともかく、お客様を泊まらせるのは……」

千代の寝場所がなくなるのではないか。貴司の懸念など、見えていない由美子に理解できるわけもない。

「あんな辛気臭い木人形を置いてある部屋にお客様を入れられるわけないでしょ。小町様にはもちろん、新しいお部屋を用意してさしあげるわよ。庭園にきれいな祠《ほこら》を建てるの。そうしたら参拝もしやすいし、きっとお喜びになるでしょうよ」

「小町様はそういうものじゃない。三澄荘の守り神で、旅館のなかで暮らして働いているんだから。毎月の例祭だってあるのに、庭園の祠でどうしろっていうんだよ」

「じゃああんたは、庭園の祠じゃないところで小町様となにをするつもりだっていうの？」

由美子の拳《こぶし》がテーブルに振り下ろされた。ばん、という強い音とともに、空になったビール缶が倒れる。

「あたしは男じゃないから、もちろん小町様と一緒に寝たことなんてないわよ。だけど、あんたといい俊司といい……祝言の真似事をすると情が湧くものなの？　それとも奥座敷で寝たらいい夢が見られるわけ？　あんたが生まれたけどまだ新婚気分だったときに俊司が当主になって、小町人形と祝言をあげさせられて……毎月十九日の夜になると奥座敷に出かけていって、朝まで帰ってこなくなったの。そのあいだ一人で母屋で待っていなきゃならない女房の気持ち、わかる？　自分の旦那がほかの女と結婚しているのに、それをありがたがらなきゃならないのよ。毎月同じ日に浮気されて、文句も言っちゃいけないの。冗談じゃないわ！　俊司だけでも我慢ならなかったのに、今度はやっと帰ってきた可愛《かわい》い一人息子まで捧げろですって？　そんなの、許せるわけないでしょ！」

由美子の顔は赤く、目には涙が浮かんでいた。唖然《あぜん》とするばかりで、なだめる言葉も見つけられない貴司に、由美子はそっぽを向いて宣言した。

「あんたは三澄の当主になったかもしれないけど、旅館の経営の権限は女将のあたしにありますからね。あの奥座敷だけは絶対に、あたしの代で潰してやるんだから！」

キィ……と、玄関側のドアが揺れた。きちんと閉まっていなかったのか……。

母親の――というより人間の、はじめて見る剝きだしの憎悪が直視しがたくて、貴司は廊下のほうへ顔を逸らした。玄関に、誰か立っている。早百合……は、もうハワイだ。

着物姿の女性と、手に丸いメロンを抱えた羽織姿の少年。千代と甲介だと気づいたときにはもう、千代は甲介を押しのけるようにして、外に飛びだしていった。

＊

その少し前のことだ。

「千代ぉ……助けてくれぇ……」

カッパ淵《ふち》の主の悲し気な声に、多少警戒心が湧かないでもなかったが（なにしろ前回は騙《だま》されてぐるぐる巻きにされたのだから）障子の隙間《すきま》からこっそり外をうかがうと、甲介は彼の頭くらいの大きさのメロンを手に泣きそうな顔で立っている。

「どしたの、甲介」

千代は慌《あわ》ててガラス戸も開いた。夏になる前の、盆地の涼しい空気が顔に吹きつけてくる。甲介は鼻をすすり、千代にメロンを差しだしてみせた。

「メロンがどうかしたの」

「冷たくねえの」

意味がわからない。甲介が手にしたメロンには見覚えがあり、祝言のあとに千代があげたものだ。そろそろ食べごろのはずだが、齧《かじ》りかけのように皮の一部が抉《えぐ》れている。

「これさ、ずっと川底で冷やしててさ、いよいよ食おうとしたんだけど、全然冷たくねえんだよ。こないだ貴司に食わせてもらったやつはキンキンに冷えててたまらなくうまかったのに――……だからさ、これ、おまえのところで冷やしてくんない？」

「助けてって、ただメロンを冷やせっていうだけ？」

甲介は頷く。千代は呆れ果てたが、友達を売るほどメロンに執心している甲介のことだから、それが冷たいか冷たくないかというのも大問題なのだろう。もともとお人好しの性分なので、力になってやりたい気持ちはあるものの、奥座敷に冷蔵庫はない。

「なあ、旅館のなかになんか冷やす箱があるだろ。こないだ貴司がそこからメロンを出すのを見たし、ちょっとだけ入れといてくれればいいから」

「ちょっとだけって言っても……」

メロンを入れられる大きさの冷蔵庫があるのは、厨房くらいだ。キンキンに冷やすには朝までかかるだろうが、早朝から泊まり客の朝食の支度がはじまるので、怪しげなメロンは捨てられるか、デザートに使われてしまう危険性もある。かといって今晩は千代も疲れているので朝まで冷蔵庫を見張っているのはいやだった。部外者でいたずら好きの甲介をずっと厨房にいさせるのは論外。冷蔵庫……冷蔵庫、あとは。

ぴん、とひらめいたのは、あんみつのこと。あれはとても冷えていて、おいしかった。

（母屋の冷蔵庫）

あんみつが抜けたぶんの隙間にメロンを置いてもらうことは、できないだろうか。

母屋なら住んでいるのは貴司と由美子だけだし、貴司は甲介のことも知っているし。

（貴司くんがここを出ていったのって……そんなに前じゃないよね。まだ起きているなら、冷蔵庫を貸してもらえないかな）

訪ねていって、うっかり由美子が出てきても、千代たちは見えないのだから問題ない。

母屋はこれまで縁遠い場所だったけれど、昼間に訪ねたばかりなので足を向けやすい気持ちもあった。それに、

（貴司くん、いまなにしているのかな）

お風呂に入っているかもしれないし、寝間着に着替えているかもしれないし、疲れてうたた寝しているかもしれない。そんなとき、急に千代が訪ねていったらどんな顔をするだろう。気になりだすと、急に会いたくてたまらなくなってしまう。

（明日には会えるのに）

甲介が不安そうに千代を見ている。千代はメロンと友達を見比べて、ことさらに元気よく言った。

「仕方ないわねー。じゃあ、貴司くんに冷蔵庫を貸してもらえるかどうか、頼んでみてあげる」

「おっ、貴司のやつか。あいつもう寝てんじゃねえの？」

「わかんないわ、行ってみなきゃ」

どこへ？　と首を傾げる甲介のそばに、広縁から降り立つ。地面に足袋《たび》をつければちゃんと草履《ぞうり》が現れるのが神様のいいところだ。先日とは逆に、さっさと先に立って歩きだした千代のあとを、甲介が小走りについてきた。

「どこ行くんだ。こっちって、なんか別の建物がなかったっけ」

「母屋っていうのよ。貴司くんはお仕事がないとき、そこで暮らしているの」

「ふーん。千代の部屋もそこにあんの？」

「あるわけないじゃない。わたしは旅館の守り神なんだもの」

「なんで？　貴司と祝言あげたんだから、一緒に暮らせばいいじゃん」

「ええっ？　なに言ってるのよ、いきなり」

ふいうちの提案に、びっくりした。代々、小町御前と当主の結婚は奥座敷のなかだけで完結しており、その外でなにかが起こるなど想像したこともない。それはもちろんいままでの当主は千代が見えなかったからであり、奥座敷の木人形こそが小町様の本体だと信じられていたからだろうけれど……貴司は、千代が見えるわけだから、奥座敷という場所に縛られる必要もないのでは？

（わたしは、貴司くんと結婚しているわけだから……お嫁さんとして母屋で暮らしてもお

かしくないのよね、確かに)

旅館では守り神だが、母屋ではお嫁さん。そうしたら、三澄荘の従業員としてだけではなくて、貴司のためにいろいろできたりして。

(……でもお嫁さんって、なにをするものなのかな?)

千代の母親は名主《みょうしゅ》の妻だったので、小作人にいろいろ指示を出すのが仕事で、ほかになにをしていたのか記憶にない。そもそも人間だった頃の千代は小さな子供たちと遊んでばかりいたため、結婚した女性の振る舞いなんて気にしたこともなかった。

考えながら歩いているうちに、あっという間に母屋に着いた。貴司か由美子がまだ起きているようで、玄関ドアの小さなガラスを透かしてなかの明かりが見えている。

「よっしゃ。ここで貴司を呼べばいいんだよな、たーのも──……」

甲介がメロンを持っていないほうの手を振りあげて、戸を叩こうとしたので、千代は慌てて止めた。

「待って、待って!　なかには貴司くんだけじゃなくてゆみちゃんもいるんだから。大きい音がしたら気づかれちゃうかもしれないでしょ」

「ゆみちゃんって、いまの女将だろ?　小さい頃千代と遊んでなかったたっけ」

「もう大人だから、わたしが見えないの。甲介だってわかってるはずなのに、どうして意地悪言うのよ」

「そりゃあ、だって」

問い詰めるまでもなく、甲介の言いたいことはわかった。貴司だ。千代も甲介も見える貴司がいるから、もしかしたら由美子にも自分たちを思いだしてもらえるのではないかと期待してしまう。

「神域に行けば仲間はいるけどさ、やっぱりオレらって人間と関わっていたいからこっちに居残ってるわけじゃん？　いたずらしたり、からかったりしてさ、たまにやり返されるのが楽しいんだ。だから貴司みたいなのがいっぱい増えたらなーって思うよな」

「わたしはいたずらなんかしませんけどね。甲介だって、みんなして河童が見えるようになったら、いまよりももっと河童釣りのお客さんが増えて川じゅうきゅうりだらけになっちゃうかもよ？」

「そこは臨機応変に、ってやつでさ。こちらの淵の河童はメロンが好物でござーい、って立て看板出しとけば問題なーし」

「たくましいなあ」

千代ももっと図太くならなければ、と思う。たとえば貴司の父の俊司は、千代が見えてはいなかったけれど、小町様の木人形に向かってよく話しかけてくれた。そこにいるものとして扱ってくれた。だから好きだったのだ――……あのとき千代がもう少しがんばっていたら、俊司と交流できていたかもしれない。もしかしたら出ていかなかったかもしれない。結局は千代のほうがびくびくしていたから、代々の旦那様の誰にも見てもらえなかったのかも……。

（もっと勇気を出して）

貴司は千代を見てくれるし、話しかけてくれる。ちゃんと祝言をあげたお嫁さんなんだから、玄関からなかに入ってもおかしくないはず……。

インターホンは旅館にもあるので、仕組みはわかっていた。ドア脇のボタンに指を伸ばそうとすると、甲介が「その丸いのなに？」と訊いてくる。

「ここを押すとなかでお知らせが鳴ってね、わたしたちが来たってわかるのよ」

「へえ、便利なもんだなあ……」

甲介が横から顔を突っ込んでボタンを押そうとしたとき。

――じゃあんたは……、小町様となにをするつもりだっていうの！

母屋のなかから怒声が聞こえた。千代と甲介は顔を見合わせる。甲介がドアの取っ手をつかんで引っぱると、あっさりと開いた。貴司がまた鍵をかけていなかったらしい。

（だから不用心だっていうのに）

廊下の突き当たりの扉が少しだけ開いており、食卓についた由美子の背中と、貴司の姿も見える。それよりもはっきりと聞こえてきたのは由美子の悲痛な叫びだった。

──あんたといい俊司といい……自分の旦那がほかの女と結婚しているのに、それをありがたがらなきゃならないのよ──……俊司だけでも我慢ならなかったのに、今度はやっと帰ってきた可愛い一人息子まで捧げろですって？　そんなの、許せるわけないでしょ！

千代にとって由美子は昔一緒に遊んだ小さい女の子で、お気に入りの着物をくれた優しい子で、こんなに悲しそうに怒鳴る声なんか聞いたこともなかった。

俊司は、千代にとって前の旦那様だ。貴司の父親であり、

（ゆみちゃんの旦那さん）

そういえば、そうだった。由美子は俊司と結ばれて貴司をもうけたのだから、俊司が小町様と結婚したりして、いい気持ちになるわけがない。自分の夫と結婚していた女が……たとえ神様だとしても……夫がいなくなったあと、息子まで奪ってしまったら、母親としてどんな気持ちになることだろう。いままで、考えてもみなかった。

千代が、小町様が、由美子に……由美子だけではなくて、代々の夫だった人たちの妻に憎まれていたかもしれないなんて。

──あの奥座敷だけは絶対に、あたしの代で潰してやるんだから！

由美子の叫びが胸に刺さる。

貴司がこちらに気づく前に、千代は後ろを向いて逃げだしていた。

*

「千代さん……!」

血相を変えた貴司の大声に、由美子は我に返ったらしい。

「千代って……誰?」

ぽかんとする母親を無視してサンダルをつっかけ、玄関から飛びだす。浅緋色の着物が闇《やみ》に溶けて、見えなくなるところだった。追おうとする貴司のパーカーをつかんだのは甲介で、悪びれない顔で歯形のついたメロンを掲げてみせる。

「なあ、貴司ー。これ、おまえんとこで冷やしてくんない?」

「メロンどころじゃないよ! 千代さんを追いかけなきゃ!」

「ふうん」

しらけた様子の甲介も、由美子の告白を聞いたらしい。千代の姿を見失ったが、そもそも彼女が逃げこめる先は三澄荘しかない。闇のなか、サイズの合わないサンダルで玉砂利を蹴散らして庭園を突っ切り、裏口から飛びこんだ。奥座敷の襖に手をかけたが、開かない。今夜は並びの客室に泊まり客もいるため、声を低くして隙間に呼びかけた。

「千代さん……千代さん！　いるんだろう？　話がしたいんだ、開けて……っ」

「……」

　返事はなかったが、衣擦《きぬず》れの気配がした。襖のすぐ裏側にいる。ほっとした。反対側で戸にもたれかかっているから開かないのか。隙間に耳を押しあててみると、すすり泣く声が聞こえたので、貴司も申し訳なさに泣きたい気持ちになりながら踏込《ふみこみ》に膝をついた。

「千代さん……母の言ったこと、申し訳ない。あの人はあなたが見えていないんだよ。父が出ていってから相談相手もいなくて、いろいろ心に溜めこんでいたんだと思う。奥座敷を潰すなんてことは絶対にさせないから、どうか」

　襖を擦《こす》るような音は、千代が首を横に振ったからか。

「……違うんです」

　か細い声に耳を澄ませた。

「奥座敷なんか、どうでもいいんです。わたし……俊司さんと結婚していたとき、ゆみちゃんが苦しんでいるなんて考えもしなくて。でも確かに俊司さんは、ゆみちゃんが小町様にやきもちを焼いているって言っていたから……わかってもおかしくなかったのに、知らない振りをしていたんだわ。だって、楽しみだったから。月に一回だけ、わたしだけの旦那様と二人きりで過ごせるのが、六百年間の生きがいだったんですもの」

「……そうなんだね」

納得しようとしつつも、どうしても冷ややかな返事になってしまう。

千代にとっては貴司も「旦那様」の一人に過ぎないのかと思うと。

「祝言の儀式は……三澄家の先祖が勝手にはじめたことだろう。千代さんは……小町様は、そのせいで守り神として縛りつけられていただけなんだから、被害者だよ」

少しの沈黙。しゃっくりを呑みこむ気配のあと、千代の震える声が聞こえた。

「貴司ぼっちゃまは……貴司くんは、わたしが小町様だって知ってたんだ」

「うん」

答える。

「いつから？」

「ほんの子供のときだよ。千代さんが僕の父親と、この奥座敷で夜を過ごすのを見たんだ。嫉妬《しっと》でおかしくなりそうだった……祖母に、三澄の当主は小町様と結婚するものだと教えられても、納得なんかできるわけがなくて」

「わたし、小さい貴司くんのことも傷つけていたんだね」

「違うよ、そうじゃない！」

「いいよ、慰めてくれなくても……」

千代が泣いているとわかっても、貴司はまだ、どんなふうに正直な気持ちを打ち明けたらいいのか決められずにいた。

小町様への感謝を抜きにすれば、由美子の気持ちもわかりすぎるくらいわかるから。

好きな人を、身近な別の誰かに奪われる気持ち。そしてそれを、当然のこととして受けとめなければならない憤《いきどお》り。もし、いまも俊司が千代と結婚し続けていたなら、貴司は三澄家に帰ってこなかっただろうし、それ以前に父親を殺していたかもしれない。

（嫉妬なんだ。お役目がどうこうという問題じゃないんだよ。仕方ないだろう、好きな人のことなんだから）

カチ、カチ、と、頭上で妙な音がする。見あげてみると、廊下の明かりが音を立てながら点滅していた。

（停電？）

電気系統の異常だろうか。事務所に配電盤を見に行かなければ。従業員らしく冷静に考えるいっぽうで、体は奥座敷の前から離れられずにいた。襖の隙間から黒い靄《もや》のようなものが湧きだしてきて、貴司の手首に巻きつく。冷たくはなく、鉱石のような匂いがした。

「千代さ……」

「ゆみちゃんも、早百合ちゃんもね、小さい頃は千代が見えていて仲良くしてくれたのに、大きくなると見えなくなって、遊んだことも忘れてしまうの。小町様が千代だったなんて考えもしないの」

靄が濃くなり、貴司の腕にまで絡みつく。襖絵が見えなくなるくらいの暗い色が、いまの千代の心だろうか。

「いつも目の前にいるのに、一緒に働いているのに、小町様に手を合わせるのは木人形の前だけで、守り神って、その程度のものなの。わかっていたけど——でも、小町様には旦那様がいて、毎月同じ日に一緒に過ごせたから、耐えられたんだよ。たとえ他愛ない独り言でも、わたしだけがいる前で喋《しゃべ》ってくださることがどんなに嬉しかったか。わたしの結婚なんて、それくらいのものだったのに。それだけで嬉しくて、じゅうぶんだったのに……ゆみちゃんや、貴司くんを傷つけるつもりなんてなかったのに」

「千代さん、だから僕はあなたが見えなくならないように、おやしろ様にお願いをしたんだ。ずっと見える目をくださいって願ったんだよ。母には僕から話すし、僕が傷ついたことなんてあなたが気にする必要はない。だからどうか、ここを開けて話を……っ」

廊下の電球が砕け、ガラスの粉が降り注いだ。避難誘導灯の灯《あか》りも不穏な音をたてながら点滅をくり返している。客室のどこかで、大きな声がした。まだ起きている宿泊客の部屋で、なにか問題が起きたらしい。

「やべーんじゃないの？」

いつのまにか後ろに立っていた甲介が、貴司の不安を煽《あお》るように言う。

「千代のやつ、たたり神になりかけてるかも」

「どういう意味だ？」

「意味もなにも、あんたらに傷つけられすぎて、どうしたらいいかわからなくなってるんだよ。六百年も守ってもらっておいて、いらねーだの潰すだのってよく言えたもんだわ」

「だからそれはっ」

感謝と心の問題は別なのだ。由美子だって、千代の姿が見えていたら嫉妬のかたちも別のものに変わっていたかもしれない。だが、いまそのことを話してもどうしようもなく、

「たたり神になると、千代さんはどうなるんだ？」

「とりあえずあんたら一族をたたり殺すだろ？　それからこの土地一帯をたたって……まあ、力が続く限りは不幸をぶちまけるんじゃね？」

明るく言われて納得しそうになったが、三澄家のものがたたられるのはともかく、親代の土地一帯まで呪われる事態は避けたい。土地神への申し訳なさもあるし、それ以上に

……あの優しい千代が望んでひとを不幸にしようだなんて、思うはずがないから。

貴司は絡みつく靄を振り払い、襖の引手に手をかけた。

「千代さん！　僕にばちをあてるのはいい。あなたの気が済むようにしていいよ！　だから、あなたはそのままで……とにかく、開けるよ！」

もう遠慮などしていられない。うまく説明ができなくとも、千代と面と向きあって、抱きしめて、あとのことはそれから考えよう。引手がびくともしなかったので、貴司は襖に体当たりした。隙間が広がり、黒い靄がさらに溢れてきたが構うものか。

なかから、千代の焦ったような声が聞こえた。

「だめ……開けちゃだめ！　入っちゃだめ！　貴司くん、来ないで！」

必死の叫びが届く前に、もう貴司は襖を突き破っていた。全身に帯のように靄をまとわりつかせた千代が、怯《おび》えた目で貴司を見るなり身を翻《ひるがえ》す。照明の豆電球がかろうじて点《つ》いているのに、床の間の周囲は恐ろしいほど暗かった。小町御前人形の周囲に黒い靄が渦を巻いている。千代が彼女自身の依《よ》り代《しろ》にしがみつき、泣きながら叫んだ。

「だめぇ、止まって！　わたし、みんなをたたりたくないの……！」

「嘘つけ」

と、貴司の背後で呟いたのは……甲介だ。河童を睨《にら》みつけた一瞬の隙に、木人形から噴きだした靄が蛇《へび》のようなかたちをつくり、大きな口で千代を頭から呑みこむ。

「あ……」

椿のかんざしが落ちる。するりと解《ほど》けた髪がうねりながら広がるが、それも靄に呑みこまれてしまい、

「千代さん！　……っ」

貴司は手を伸ばし、奥の間に踏みこんだ。蛇の頭に飛びつき、つかもうとしても手ごたえがないとわかると、口の隙間に身を割りこませて千代を探す。

真っ暗な靄の奥に女性がいる。闇に潰されそうになり、声にならない貴司のうめきに振り向いた姿は髪を振り乱し、顔は青白く、虹彩は赤く、縦に裂けていて……でも、貴司を見た瞬間、くしゃりと歪んだ泣き顔は千代そのものだ。

(泣かないで)

伝えたくても、息ができない。四方から押しつぶされながら、ずるずると蛇に呑みこまれていく。千代のもとまで辿《たど》りつけるならそれでもよかったのに、闇のなかで千代は中心にあるご神体の木人形に駆け寄り、持ちあげて振りかぶった。

台座に叩きつける。木の脆《もろ》いところが砕け、その部分の靄が薄れた。一度だけでは足りないのか、何度も。小町御前の破片が靄とともに飛び散り、貴司の両目に飛びこんだ。

「つ……っっっ！」

錐《きり》が刺さるような痛みに目をつむった。全身を締めあげていた圧迫感が徐々に薄れ、呼吸ができる。千代が、小町御前人形を壊したおかげなのか……？

瞬《まばた》きしながら薄く目を開くと、奥座敷の電球はちゃんと点《とも》っており、黒い靄の蛇は跡形もなく消えていた。床の間の前に散らばった、代々の当主の写真。小町御前の木人形は首が折れ、合掌《がっしょう》した手や着物の裾《すそ》も砕けていた。

そして、千代がいない。

「千代さん……どこに行ったんだろう。きみならわからないか？　甲介く……」

貴司は目を押さえながら振り向き、息を呑んだ。河童の少年も、ついさっきまで真後ろにいたはずなのに姿が消えている。そして倒れた襖の上に、齧りかけのメロンが一つ、転がっていた。


——みんなー、くじをひくよー。

千代が呼ぶと、村の子供たちが集まってまわりを取り囲む。名主の娘の千代は、忙しい親たちに代わって小さな子の世話をしたり遊び相手になってくれる、みんなの人気者だ。

——千代ちゃん、なんのくじ？

——あたるとおやつもらえる？

口々に訊ねてくる小さな子たちに、細いこよりの束を掲げてみせて、

——あたるとねえ……なにがあるのか、内緒。こよりの先が赤いのがあたりだからね、順番に、一本ずつひくのよ。さあ、はじめは誰かなー。

いっぺんに伸びてくる手を上手にかわして、一本ずつこよりを引かせる。はずれをひいて残念がる子供たちを、大人たちが遠巻きにして見守っていた。

四

三澄貴司にデコピンを

おやしろ温泉郷を見おろす親代山《おやしろ》。山腹にある神社に至る石段を、貴司《たかし》は幼い頃から何度ものぼってきた。初詣《はつもうで》、例大祭《れいたいさい》、神楽《かぐら》の奉納、茅《ち》の輪《わ》くぐり、秋祭り。三澄荘《みすみそう》から徒歩十分の距離ということもあり、おやしろ神は小町《こまち》御前と並んで親しみのある神様だ。

母は貴司が健《すこ》やかに生まれるように願ったというし、祖母は祖父の酒癖がよくなるように願ったとか。

そして貴司は、物心ついて以来、たった一つのことだけを願ってきた。

——どうか、千代《ちよ》が見えなくなりませんように。おやしろ様、僕が千代を見えなくならないように、どうか力をお貸しください。

あれは貴司が九歳のとき。いつものように学校帰りに神社にのぼって祈っていると、ふいに頭のなかで響く声がした。

——『どうしておまえは、小町御前をずっと見ていたいのだろうか？』

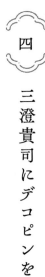

顔をあげても、姿は見えない。けれど周りの空気が重くなるような圧があった。

緊張しつつも怖くはなくて、貴司は声の相手に訊《たず》ねた。

──あなたはおやしろ様ですか。小町御前って、千代のこと？

──『そう、小町御前が神としての呼び名で、千代は人間だったときの名前だ』

──千代は人間だったの？

──『大昔。それで、おまえの願い事は、神威をその目に映すようになりたいということらしいが、理由は？』

──僕は、千代が見えなくならないように、なりたいんです。

神威とか言われてもよくわからなかったので、ただ素直に答えた。

──千代は、僕の家の旅館にずっといて……三澄荘っていうところなんですけど、僕の母や、祖母とも子供の頃は仲良くしていたのに、大きくなるとみんな見えなくなっちゃうんだって。見えなくなったら忘れてしまうんだって、悲しそうだったんです。だから僕は千代を悲しくさせたくないから、ずっと見ていられる目が欲しいんです。おやしろ様、くださいますか。

──『見えるというのは、よいことばかりではない。人の世で生きてゆくには不便も多いから、みな手放してしまう力だ。小町御前は人間ではないし、おまえを好いてくれるとも限らない。それでも欲しいのだろうか』

――はい。

貴司に迷いはなかった。そのときにはもう、父親の俊司《しゅんじ》が千代と結婚していて、貴司は大人になるまで千代を独り占めできないとわかっていたが、それでも、苦しい思いをしてでも千代を絶対に忘れたくなかったから。

少しの沈黙のあと、頭のなかの声は笑ったようだった。

――『よいだろう。三澄《みすみ》の貴司、おまえのひたむきな目が気に入った。これから三月《みつき》のあいだ、毎日、水神社の鳥居の先にある湧水で両目を洗えば、望みは叶う。願いと引きかえに失うものもあるだろうが。そして、覚えておくがいい。これから先、もしもおまえが小町御前を傷つけたり、泣かせるような真似をしたならば、そのときは――……』

（そのときは……どうなるのだったっけ？）

大切な約束だったはずなのに、思いだせない。見える目と引きかえに甘いものが食べられなくなり、あとは……。

寝不足の上、頭のなかがぐちゃぐちゃだった。

千代と甲介《こうすけ》を見失った翌日の午前、貴司は親代神社の参道をのぼっていた。

昨夜の停電騒ぎは、大したことはなかった。廊下の電球が一つ弾けてガラスの粉が散ったくらいで、電球の交換と床掃除だけで解決した。大声を出していた宿泊客は、テレビで見ていたスポーツ中継がいいところで途切れてしまったのだと憤慨《ふんがい》していたが、テレビはすぐに直ったし、お詫《わ》びのビールとつまみを運ぶと機嫌を直してくれた。

そのあと館内の点検をして、宿泊客の安全を確認して――小一時間、必要な対応に走り回るあいだ、貴司はずっと願っていた。千代がどこかにいてくれますように。いつもの彼女なら率先して箒《ほうき》と塵《ちり》取りを持ってきて、ガラスのかけらの一つも残らないように掃除を手伝ってくれるのに。

いなかった。旅館のどこにも。男子トイレや、庭園まで見回ってみたのに。

一人で奥座敷を片付けているとき、いつまでも戻らない貴司を心配して、由美子《ゆみこ》が探しに来た。もとより奥座敷にあまり近づかない母だが、床《とこ》の間の空っぽの台座と、貴司が拾い集めている木片を見るとさすがに蒼《あお》ざめて、

――なに、これ。小町様が壊れちゃったの？　あんたが壊したの？　まさか、あたしが奥座敷を潰すなんて言ったせいで？

そうだとも、違うとも言えない。砕けた小町御前人形の木片には大きいものも小さいものもあったが、どれも乾いて黒ずんでいて、軽かった。

こんな古い木屑《きくず》のどこに千代が宿っていたのだろうと思うほど。

（もしかしたら、宿っていなかったのかもしれない）

一瞬浮かんだ考えが恐ろしすぎて、頭を振って追い払う。千代なんていう娘はもともといなかったのかもしれない。小町御前人形は古くて壊れただけだから、新しいご神体を用意すればいいのかも……なんて。

（馬鹿《ばか》か、僕は！）

旅館にずっといたら恐ろしい考えに憑《と》りつかれてしまいそうで怖かったが、とりあえず朝までの仕事はこなすしかなかった。宿泊客の朝食用のメロンに軒《のき》並み歯形がついていて、代わりを用意するのに手間取ったものの、一瞬、期待もしたのだ——緑色の少年が、どこかにいてくれるのではないかと。

念のため、寝不足の頭で車を走らせて、カッパ淵《ふち》にも行った。河童《かっぱ》大明神の祠《ほこら》も拝んでみたが、なんの気配も感じられなかったため、認めるしかなかった。

（見えなくなった……っていう、ことなんだろうな）

千代も、甲介も、そのほかのものたちも、みんな。

——『これから先、もしもおまえが小町御前を傷つけたり、泣かせるような真似をしたならば、そのときは……』

（目を取りあげるって、言われたんだったかな……）

晴れた日の昼前なのに、参道は薄暗かった。いつもなら杉林の陰《かげ》に人ではないものの姿が見え、声をかけてきたりもするのに、今日は小鳥の声さえ聞こえない。滅多に味わえない静けさのなか、古い石段をひたすらのぼっていく。右手に提《さ》げた一升瓶《いっしょうびん》が重い。

三か所の鳥居をくぐるたびにお辞儀をして、ようやく行きついた拝殿の周りも静かだ。親代神社は山そのものがご神体なので、本殿というものはない。新緑の木に囲まれた空間を見渡して、やはりなにも見えないことを確かめた貴司は、拝殿の賽銭《さいせん》箱の横に一升瓶を置いた。二礼二拍手して手を合わせてから、深々と頭を下げる。

――『願いがあるのならば、声に出してもらわなければ聞き届けられない。吾《われ》は超能力者ではないのでな。言霊《ことだま》は声に宿るのだから、はっきりと申せ』

かつて言われたことを思いだしながら、いまは見えない神に向かって謝った。

「ご無沙汰《ぶさた》しております。三澄貴司です。大変申し訳ありません。僕はおやしろ様との約束を守れず、千代さんを傷つけて、泣かせてしまいました。その罰として、見える目も失くしてしまったようです。いまさら、なんの申し開きもできませんが、どうか小町御前様が、千代さんが、無事でいるかどうかだけでも……わかれば、と……」

甲介は千代がたたり神になりかけていると言ったが、最後に見たのは泣き顔だった。黒い靄《もや》でできた蛇《へび》に貴司が押しつぶされそうだとわかって、靄を止めようとした結果、木人形を壊したのだ。貴司は無傷だったし、由美子も、三澄荘にも、いまのところ被害らしきものはなにもない。

それは千代が彼女の大切な依《よ》り代《しろ》を壊して守ってくれたからではないのか。

(なのに僕は千代さんを傷つけたままで、なにもしてあげられていない)

このまま、失い続けるなんてできるはずなかった。見えなくても、声なら届けられるのではないだろうか。親代山の神なら千代の居所を知らないだろうか。

もう一度だけ、見ることができなくても、どうか言葉だけでも届けてほしい……。

(だってまだ、ちゃんと言っていなかったんだ。今夜こそ、言うつもりだったのに)

眦《まなじり》が熱い。女々しいけれど、泣きそうだ。伏せた両目に溢《あふ》れてきた滴《しずく》が、合わせたままの手の横をすり抜けて、足元に滴《したた》る。玉砂利《じゃり》にぱたんぱたんと落ちた滴が、白い石の上で二つとも動きだし、黒い細長いかたちをとって逃げだそうとした。

「……?」

貴司は目を見張る。視界に飛びこんできた二頭の白い犬がそれぞれの前足で黒いものを押さえつけた。和犬なのに白い毛並みがくるくる巻いたその犬たちを、貴司はよく見知っていたが、まさか。

顔をあげると、ほんのいままで誰もいなかった拝殿に、山伏《やまぶし》姿の女性が座っていた。真っ白な鈴懸《すずかけ》の衣装に赤い袈裟《けさ》をかけている姿は修験者《しゆげんじや》のようだが、貴司がいまさっき奉納した一升瓶の中身をさっそく平盃《ひらさかずき》に注いで、楽しんでいる。

茫然《ぼうぜん》としつつ、大人げなくぽたぽた泣きながら立っている貴司に、白い髪の女性は——

親代山の神は、酒を満たした平盃を掲げてみせた。

「酒はいいが、境内《けいだい》に穢《けが》れを落とすのはよくない」

口に含んだ酒を、和犬たち——狛犬《こまいぬ》たちの足元めがけて噴きだす。一瞬で、黒いものが音をたてて消えたので、狛犬たちは抗議するようにきゅんと鳴いた。

「おやしろ様……」

涙の滲《にじ》んだ視界が眩《まぶ》しかったので、貴司は手のひらで目を擦《こす》った。産土神《うぶすながみ》の姿が見えるし、狛犬も見える。空を見あげれば雲の間に天狗《てんぐ》の姿も見え、神社を囲む林のなかには、見ない振りをしたほうがいいものの姿も見え隠れしていた。

貴司が深呼吸して、産土神に謝ろうとしたとき、

「見えてんの？」

真後ろから声がして、噎《む》せた。振り向くと、緑色の河童少年が両手を頭の後ろで組んで貴司を見ている。間違いなく、甲介だ。

「いつからいたんだ？」

貴司が訊ねると、甲介は文句を言いたそうに、口をとがらせて答える。

「旅館からこっち、ずっと。いくら呼びかけても気づかねえんだもんなあ……を?」

考えるより先に手が出て、貴司は甲介の両肩に手を置いた。ぎゅっと抱きしめたいところだが男同士だから堪《こら》えて、ぽん、ぽん、と肩を叩く。甲介が照れたように鼻の頭を掻《か》いた。

「穢れが目を曇《くも》らせていたのだ。おまえの両目から流れ出てきたこれは、小町御前の依り代の一部のようだが」

狛犬が咥《くわ》えて運んできたものを、おやしろ神が受けとり、貴司に差しだす。小指の爪先ほどの大きさのとがった木片は、いましがた酒で清められたせいか、奥座敷に散らばっていたものより白木に近い色合いに戻っていた。けれど、千代の気配は感じられない。

「昨夜はおまえのところの旅館で、相当な騒ぎがあったようだ。衝撃波がこちらまで伝わってきて、目が覚めてしまったのだぞ」

おやしろ神が大あくびをして、束髪《そくはつ》を垂らした首の骨を鳴らす。

「依り代が壊れるというのは、いったいどういう騒ぎなのだ。先日、おまえは大願叶って小町御前と祝言をあげたはずだが、半月ももたずに夫婦喧嘩《げんか》とは」

「喧嘩じゃねえよなあ、あれは」

甲介がぽつりと言う。貴司は河童少年を制して、おやしろ神に向き直った。

「僕のせいです」

幼い頃どころか、生まれる前から馴染《なじ》みの神に、小さな子供のようにしょんぼりと告げる。

「昨夜、母が酔って……父と小町様の仲に嫉妬《しっと》していたと叫ぶのを、千代さんに聞かれてしまいました。千代さんは傷ついて、奥座敷に飛びこんで……床の間に現れた蛇のような黒い靄に呑《の》みこまれたみたいだった。僕も呑まれそうになりましたが、千代さんが小町人形を叩き壊したらみんな消えたんだ。あれは、いったいどういうわけだったんだろう」

独り言のような問いかけに、おやしろ神は手酌《てじゃく》で平盃を傾けながら考えている様子だ。

代わりに甲介がぼそっと口を挟んだ。

「言ったじゃん。千代のやつ、たたり神になっちまったんだって」

「僕と母に怒って、ばちをあてようとしたっていうこと？」

「それどころじゃねえの。千代はあれで、六百年も信仰を集めてきた神様なんだぜ？　それなりに格も高いのに、いままであんたらの旅館を守ることにしか神威を使ってこなかったんだ。自分でも扱いきれない力が溜まっているところに、守ってきたはずのあんたらに裏切られたから一気に爆発したんだろ」

「格って？　僕が靄のなかで見た千代さんの姿は、あれは……」

目が赤く、縦に裂けていて。いつもの可愛《かわい》らしい人間の姿ではなかったが、千代でないというわけでもなかった。あれが、小町御前の本来の姿なのだろうか。

「河童。いい加減なことを言うでない。小町御前がたたり神になどなれるものか」

おやしろ神に静かに諫《いさ》められ、甲介はびくっとして縮こまった。ほんとうに見た目が小さくなったような気がする。貴司はおやしろ神を見あげ、

「どういうことなのか、教えていただけますか」

「吾が教えずとも、おまえは知っておろう。小町御前は人間であった時分から底抜けに人が好《よ》く、水神の人柱となるときも自ら進んで身を差しだしたうえに誰も恨まなかった。そのように魂《たましい》の位の高い人間であったからこそ、水神も眷属《けんぞく》として迎え入れたのだ。何百年経《た》とうが本質は変わらないのだから、どんなに神威を黒く染めようがあれはたたり神になれず、己を責めて苦しむだけ」

「千代さんのせいじゃないのに」

昨夜の千代は怒っていたのではなく、苦しんでいただけだ。貴司や、由美子を……もしかしたら代々の当主の妻やその周りの人たちを、小町御前との結婚のせいで苦しめていたのかもしれないと気づいたから。彼女が望んではじめた儀式でもなく、形ばかりの結婚に、

守り神を縛りつける以上の意味などなかったのに。

（傷つくのは僕の勝手だっていうのに）

怒らせたのならいくらでも謝るのに、貴司たちが傷ついていたことに傷ついて黒く染まってしまったのなら、どう償《つぐな》えばいいのか。小町御前の木人形……つまり彼女の依り代が壊れたあと、千代と三澄荘のつながりはどこに残っている？

「……依り代が壊れたら、千代さんはどうなるんだろう」

「神様じゃなくなって、ただの人柱に戻るんじゃゃね？」

縮こまりながら、懲《こ》りずに小さな声で口を挟む甲介を、おやしろ神が呆《あき》れたように睨《にら》んだ。

「河童。おまえはまた、差し出口を控えよ。小町御前は神だ。依り代が壊れたところで神威が消えてなくなるわけではない。神が消えるのは信仰するものが誰もいなくなったとき――それとて長い時間をかけて、ゆるゆると失われてゆくもの」

甲介は羽織を頭からかぶって貴司の後ろに隠れてしまった。甲羅《こうら》のように浅黄《あさぎ》色の背中を丸めている姿はなるほど、河童らしい。

そして千代の正体……神としての姿がどんなものだとしても、貴司は彼女を傷つけたまま放っておいて、消えゆくのを待つなんてできるはずなかった。

玉砂利の上に両膝《ひざ》をつき、おやしろ神に向かって頭を下げる。

「おやしろ様、どうぞお教えください。千代さんは水神の人柱に捧げられて神になったとおっしゃいましたが、いまでも水神様のもとに行けば千代さんに会えるのでしょうか」

「ふうむ。いい酒だ」

上機嫌で平盃にお代わりを注いで、一息に飲みほす。おやしろ神は空の平盃を手もとでもてあそびながら、貴司の肩越しに、ふもとのほうへ目を向けた。

「親代の土地でよい酒が醸《かも》されるようになるとは、嬉《うれ》しきことよ。昔、昔——……この一帯は草ぼうぼうの荒れ地であった。田畑を開墾《かいこん》しても、潤すだけの水がなかった。なにしろ水神が生まれたてで、力が不足しておったからな——いよいよ困った村人たちが神下ろしの巫女《みこ》に頼ったところ、我が山の水神に人柱を捧げれば水は湧くという。さて、誰を捧げようか……村人同士でくじを引くことになった」

とはいえ、男は開墾の力仕事に必要だし、老人では水神が喜ばないだろうということから、くじは女子供たちでひくことになった。くじを用意する役目を仰せつかったのは、当時十四歳の名主《みょうしゅ》の娘で、名前は千代。昔から子供たちのお守を任せられていたので、彼女の言うことならみんな聞くはずだった。

千代が用意した白いこよりのくじは、一本だけ先を赤くしたものが当たりだという。村の全員が遠巻きに見守るなか、子供たちが年かさの順番にくじを引いていく。

いちばん小さな男の子がくじを引いても、やっぱりそれは白いままだった。

最後の一本。千代が自分のぶんを握っていた手を開くと、その先に赤いしるしがついていた。

「ばればれじゃん。千代のやつ、自分が引くときに赤くしたんだろ」

被った羽織の下から、甲介がぼやく。おやしろ神が頷《うなず》き、

「隠し持っていた針で指を突き、血染めのくじを掲げてみせて、申したのだ。当たっちゃった——……と」

名主はもちろん、自分の娘を人柱に捧げるつもりなど毛頭なかったのに、くじの結果は村人全員が目撃していた。一日、準備の時間が与えられたあと、翌日の夜に千代は婚礼用の白打掛を着せられ、目隠しして手を縛られたうえで、親代山の山頂近くにある岩穴のなかに生きたまま閉じこめられた。そこに水神がいると巫女が教えたからだ——……村の子供たちが、ひびわれた岩の隙間《すきま》から湧く清水を見つけたのは、そのすぐ後。

水は細い水路を伝って田畑を潤し、途切れることはなかった。名主の屋敷の庭に温泉が湧くようになり、さらに暮らしが楽になった親代村の人々は、それもこれも人柱になった娘のおかげだと感謝の祈りを捧げるようになった。

温泉を広げるために椿《つばき》の木が切り倒されるとき、その幹を譲り受けて木人形を彫ったのは、かつて最後のはずれくじを引いた男の子だったという。

――おれは、あのひとに命を救われたんだ。あのひとは姿も心映えもとってもきれいだった、親代村の小町様だった。どうぞ水神様のおそばで、千代小町様が可愛がられていますように……。

「木人形に込められた強い祈りが神域に道を通し、千代はひとの世界に顕現《けんげん》できるようになった。ひとの祈りが小町御前の神威を増したが、三澄家のものは祝言をあげることでその力をよそにやらぬようにしたのだな。その、道である木人形を自ら壊したというなら、それは小町御前がおまえの旅館を守る役目を放棄したということ。千代はただの神に戻った。おまえたちには残念であろうが、仕方のないことよ」

「六百年もお役目を務めていただけて、これ以上小町様に望むものなどありません」

いくら話を聞いても、千代は、どこまでも貴司の知る千代だった。

優しくて、底抜けに明るくて――なにもかも自分だけで呑みこんでしまおうとする。そんなひとをどうして放っておけただろう。

「ただ僕は、千代さんにもう一度会いたいんです。傷つけて、悲しませたまま二度と会わないでいたらそれこそ、彼女のこの六百年を無意味にしてしまう。三澄のものは小町様に感謝しているし、父のことで傷ついたのは僕たち親子の問題であって千代さんのせいではないし、あなたは僕たちにとって――僕にとって、かけがえのないひとだと伝えないままではいられません。ですから、どうぞ……千代さんの居場所を――お教えください」

「たわけが」

おやしろ神が平盃を置いた。声に滲む怒りの響きに、貴司は顔を伏せる。親代山の主であり、親代の土地の産土神は境内に降り立ち、玉砂利を踏んで貴司の前に立った。

「吾に願い事をする前に、おまえには受けねばならぬ罰があるだろうが。その目を授けるときに約束をしたはずだ。もしも、小町御前である千代を泣かせたり、傷つけたりしたならば」

いよいよ目を奪われるのか。でも、それは千代に会ってからにしてほしい……とはいえ約束を守れなかった貴司に抗《あらが》う資格はない。

おやしろ神の手が近づくのを感じる。震えを堪えて、与えられる罰を待っていると。

ばちん。

額に、いい音とともに痛みを感じて、はっとして目をあげた。

おやしろ様はにやにやしながら貴司のおでこを弾いた指を立ててみせ、

「女子を泣かせるような男にはデコピンだ。どうだ、痛かろう」

「……はい」

思いだした。言われたときにはそれが罰？　と首を傾《かし》げたものだが、実際にされてみると額は痛いし、心がもっと痛い。後ろで小さくなっていた甲介が、羽織から顔を出した。

「甘くね？」

「馬鹿者。吾は貴司が母の腹に宿る前から授かるように、無事に生まれるように、健やかに育つようにと願いを託されてきたのだぞ。そのようなものに与えられる罰に、デコピン以上のものがあるか」

なんならおまえもされてみるか、と指を向けられて、甲介がまた羽織を被った。おやしろ神に貴司の無事を祈願してきたのは、由美子だ――貴司は、千代がしてくれたこと、由美子や早百合《さゆり》たちが与えてくれたものの欠片《かけら》すら、まだ誰にも返せていない。

自分が情けなくて、泣きそうだ。

玉砂利の音がする。おやしろ神が踵《きびす》を返して歩きだしたので、貴司も急いで立ちあがり、後を追った。白髪の、山伏姿の女性神は貴司よりもだいぶ背が高く、歩を進める姿もさっそうとしている。狛犬と狐が追いかけっこして飛び交うなか、本殿の裏手に出ると、古い鳥居から山頂に向かう細道が続いている。

鳥居には『水神社』とあり、貴司にとって懐かしい場所だった。

「ここは昔、僕が目を洗った……」

「おまえが両目を清めた水は、水神の神域より湧きいでしもの。道をずっと行けば湧水のそばを通りすぎ、水神の祠へと至る。千代はそこに隠れている」

貴司は目を洗うために通った三か月のあいだ、何度か水神社までのぼって祈ったこともあった。水神社そのものは小さな社《やしろ》だが、その後ろに大きな岩棚があり、それがいつ、どのようにしてできたのかは不明らしい。

（あそこに、千代さんがいるのか）

「わかりました、行ってみます。おやしろ様、ありがとうございます」

「礼は、小町御前がもとの姿を取り戻してからでよい。河童、貴司についていってやれ」

「へっ、オレ？」

羽織を被りながらうろうろしていた甲介が、いきなり名指しされて飛びあがった。

「なんでオレが。付き添いなんかなくたって、貴司は見えるから神域でも歩けるんじゃ」

「あの水神が、千代を傷つけた人間をやすやす通すはずなかろう。つべこべ言わずに行け。おそらくえぐい邪魔が入るだろうから、おまえが守ってやるといい」

「冗談じゃねえや、オレはただの河童ですったら。水神様を怒らせちまったら干からびさせられちまうかもしれないのに、なんだってそんな柄にもねえこと」

「おやしろ様。お心遣いに感謝いたしますが、甲介くんは千代の友人で、僕にとっても大事な友達です。危ないことに巻き込んだりはできません」

神同士の力関係はよくわからないが、水神が河童より格上の存在で水を操るものなら、甲介に危険が及ぶのかもしれない。おやしろ神は甲介の襟《えり》首をつかまえ、逃げられないように押さえていた。貴司はメロン好きのいたずら河童に笑いかけ、

「ここまでつきあってくれただけで充分だよ、甲介くん。きみの忘れ物のメロンは僕の家の冷蔵庫にしまっておいたから、帰りに寄って持っていって」

甲介がぴたりと動きを止めた。

「だそうだが？　河童」

おやしろ神が甲介から手を放す。貴司は二人に深々とお辞儀をしたあと、水神社の鳥居にも一礼してから歩を踏みだそうとしたが、

「ああもう、わかったよ！」

いきなり甲介にぐいっと手を引っ張られた。全体的に緑色のなか、顔がやや赤い。

「ついていってやるよ。オレも河童だ、鬼が出ようと蛇が出ようと怖がったりするもんかってんだ、へっ」

先に鳥居をくぐろうとした手前で足をとめ、貴司を振り仰いだ。

「鳥居をくぐり終わるまで、目を閉じてろや。千代が隠れてんのは神域で、人間の世界とは違う場所なんだ。両方見えてると迷いやすいからな」

「助かるよ。迷惑をかけるみたいで、ごめん」

「いーよ、別に。朝、あんたのところのメロンを食いちらかした詫びだ……目の前でいくら齧《かじ》っても気づかないから、ちょい悲しかったんだぜ?」

「僕も、メロンが減っていくのに甲介くんがいないから、ちょっとさみしかったよ」

「お互い様ってこったな」

　手をつなぐなんて柄ではないが、仕方がない。甲介にぐいっと手を引かれて目を閉じるまでの短い間に、貴司は世界が幾重も重なっているような、不思議なものを見た気がした。

＊

　親代山の水神は、うら若い女神だ。八百年ばかり前、親代の里に住みついた人々が小さな湧水を守る神として岩棚を拝みはじめたときに生まれ、そこから二百年は気ままに暮らしていたのだが、忘れもしない六百有余年前。いきなり里の人数が増え、そのぶん広げた田畑を潤すだけの水を溢れさせせろという。

──『急にできるわけがないでしょ！』

水神は、無茶を言う巫女を怒鳴りつけたものだ。

──『あたしの神威にだって限界があるのよ。そんなにいきなりいっぱい水を出せってったって、無理無理無理無理！』

──……では、あなた様の神威を増やせばよろしいのですね？

と、提案したのは巫女のほうだ。巫女というのは昔から、人間のなかでは珍しく神の姿が見え、言葉を交わせるものたちだったが、水神が彼女らを好きだったためしはない。

──我ら人間は古来より、神々の助力を得るために人柱を捧げて参りました。命を捧げるほどの信仰によってあなた様の神威はいや増し、吾らが親代の里にたっぷりのお水を滔々《とうとう》と。

──『なに言ってんのよ、クソババア。あたしの神域に汚い人間なんか踏みこませたらただじゃおかないからね！』

必死の脅《おど》しもどこ吹く風と、神の話を聞かない巫女のお告げを素直に受け入れた親代の村人たちは一人の娘を人柱に選び、水神の神域に送りこんできた。

汚い男や老人でないのはよかったが、人間と関わるのは巫女とのやりとりで懲りていたので、会いたくないし、喋《しゃべ》りたくない。諦《あきら》めて出ていってくれるまで隠れていよう──と、かくれんぼをはじめたのも、いまでは懐かしい話。

あれから、六百年。

めそめそ。めそめそめそ。

親代山の水神は、自分自身を祀《まつ》る祠の屋根に腰を下ろして、頬杖《ほおづえ》をついていた。祠といっても人間世界のものではなく、神々の住まう神域のなかだ。

水神は人間でいうところの十三、四歳の少女の姿をとっている。本来の姿は別にあっても、友達と遊びやすいのでこの形が気に入っていた。髪は長く、揺らぎ方によって色の濃淡が変わる水色。動きやすいように裾《すそ》を短めにしている着物も様々な青色を重ねた袷《あわせ》。

神は一般的にその土地の名で呼ばれるものだが、親代の神は先にいたため、この水神にはもともと名前がなかった。だから、六百年前に友達がつけてくれた呼び名は大切なものだ——水乃《みずの》、という。

その友達というのが他でもない、巫女の勧めで人柱に捧げられた人間の娘である。なにしろ邪念の欠片もなかったため、あっさりと神域の清浄な空気に馴染んで眷属として仲間入りを果たした娘は、それからずっと水乃とのんびり遊んで暮らすはずだったのに、またもや人間側の汚い魂胆《こんたん》に巻き込まれて長い間、神域と人間の世界を行き来する不便な生活を強《し》いられていた。

それが……つい昨夜、いきなり帰ってきたのである。

しかも人間の世界につながる依り代を叩き壊したから、もう戻ることはできなくなったと。

とても喜ばしい知らせだというのに……当人は昨夜以来ずっと自分の神域に閉じこもりきりで、めそめそ泣き続けている。うっとうしいったらありゃしない。

「だからさー」

水乃は微《かす》かな風に水色の髪を弄《いじ》らせながら、祠の真下の深い崖《がけ》に向かってぼやいた。

「せっかく帰ってきたっていうのに、うじうじぐずぐず泣いてばっかりなの、やめてくんない？　あたし辛気臭いのって大っ嫌い」

『うん、ごめんね、水乃ちゃん』

友達の……千代の声の響きがいつもと違うのは、神威が乱れて人間の姿をとれなくなっているからだ。地下の洞窟《どうくつ》から出てこないのも、そのせい。

「ごめんはいらない。聞きたいのはあんたが泣かされた詳しい理由」

『理由って、理由って……あのね』

この友達はずいぶん長いあいだ、人間のちっぽけな旅館に縛りつけられて守り神をさせられてきた。そこでどんなひどい目に遭《あ》ったのだろうと、身を乗りだして聞けば、

『わたしのせいで廊下の電球が破裂しちゃって……お泊まりのお客様がびっくりしてご迷惑をかけたと思うし、冷蔵庫の電気が停まったりしてもし食材が傷《いた》んじゃったりして、お客様に食中毒でもおきたらもう取り返しがつかなくて』

「あんたの旅館のことなんか、どうでもいいっつーの！」

水乃が怒鳴ると、天空から崖めがけて稲光が落ちた。なかから『ひゃっ』と悲鳴があがる。

悪気がないのはわかっているものの、このもたもたした友達と話していると苛々《いらいら》することこの上ない。

「もういいわよ！　こちとら毎日毎晩水鏡を通してあんたの様子を見てきたんだから、だいたいの事情はわかってる。つまりあれでしょ、あんたがあの旅館の代々の当主と無理やり結婚させられてきたのを、その女房たちが気に入らなかったたっつー話でしょ？　六百年も！　守り神として一つところに縛りつけておきながら、いまさら勝手な言い草であんたを傷つけるなんて、許しちゃおかない！　待ってなさいよ、いますぐクソ三澄荘に雷を落として丸焦《こ》げに変えてきてやるから！」

『だめー！』

穴の底からすごい勢いで湯気のたつ水が噴きあがり、水神の着物の裾を濡らした。

『旅館を焦がしたりしちゃだめ。やっとこの頃お客様が戻ってきたところなのに、火事になったりしたら評判が落ちちゃう』

「あんたのその守り神根性には、ある意味感心するわ」

水乃はお湯のかかった裾をつまみ、顔をしかめる。青色の絹に黒いミミズのような靄がまとわりついていた。手で払うと靄はすぐに落ちたが、代わりに溜息が洩《も》れてしまう。

(神威が穢れてる)

神威とは、神を形作る力そのものだ。それが穢れるというのは、人間でいうところのひどい病気にかかったようなもので、早く戻してやらなくては命に関わる。

「でももう、依り代の木人形は壊れちゃったわけで、あんたとあの旅館を結ぶご縁もなくなったんだから、守り神にも戻れないんでしょ。それでもってあんたはいま神威が真っ黒のどろどろに汚れてたたり神になりかけているんだから、さっさときっちり三澄荘の連中への恨みを晴らしてさっぱりしなけりゃ、真っ黒悪神まっしぐらになるの。わかる?」

『たたり神になるつもりなんてない、けど……わたしがここにいて穢れたままだったら、水乃ちゃんは困る、よね』

「そりゃあそうでしょ。ここは親代の土地を潤す水の源《みなもと》よ? その足元でどろどろに居座られたら、あたしも滅入るし水も濁っちゃうわ」

『迷惑かけちゃって、ごめんね』

泣きやんだ代わりに落ち込む気配が伝わってきた。いつも千代がいるときは清らかな滝が流れ込み、緑の生い茂る楽しい遊び場だった穴のなかが、いまや半ばまで黒い穢れに覆《おお》われていて底が見えない。友達として千代を救いたい気持ちだけではなく、この穢れた気をなんとかしなければ、水神の守る水にまで悪影響が出てしまう。

(千代が悪いわけじゃないのに)

千代は六百年前、水乃の神域に置き去りにされる前から、一度も誰かを恨んだりしてこなかった。生まれつきの神である水乃が一緒にいても心地よいくらい、澄みきった魂の持ち主なのに——そんな千代の神威がここまで穢れるほど傷つくなんて、人間の旅館の連中、許すまじ。

(あたしだってずっと千代と一緒に遊びたかったのに、お役目とかがあるっていうから我慢してきたのに。千代を縛りつけていた連中ときたら、さんざん守り神だなんだともてはやしておきながら、陰では邪険にしていたんだわ。許せない、生かしちゃおかないんだから)

水乃も怒りに燃えているが、生まれついての水神なので、そう簡単にたたり神になったりはしない。ただ張りつめた気持ちが、自分の領域に踏み込んだものたちの気配を感じとっていた。

「わかった」

決意を込めた水乃の声が、崖の底にいる千代にも届いたようだ。

『水乃ちゃん……？』

「あんたができないなら、あたしが代わりにやってあげる。水神の眷属を辱《はずか》しめた三澄のものに天罰を下すわ。旅館さえぶっ壊さなきゃいいんでしょう？　たったいま、あんたのいまの旦那《だんな》らしき人間とおまけの河童がこちらに向かってくるようだから、ちょうどいい。身の程知らずどもにこの水神の怒り、叩きつけてくれる！」

『待っ……』

慌《あわ》てたように地下から伸びてきた靄は、するりと飛びあがった水神の爪先に届かなかった。

青く長くきらめく水神の姿が、神域の抜けるような青空に紛れて見えなくなる。

＊

河童と手をつなぎ、目を閉じながら歩を踏みだしたとき、頭のなかで鈴の音が響いたような気がした。か細いが、場を清めるような澄んだ響きだ。霧のような水気が全身に吹きかかるのを感じる。寒くはないが、空気が冴《さ》えていた。

『目を開けていーよ』

と……甲介の声が頭のなかで響くように聞こえたのは、目をつむっているせいか。

貴司は控えめに深呼吸してから、目を開けた。緑が眩しい。薄曇りだったはずの空が、雲一つなく晴れていた。辺りには霧が満ちていて、振り向いても、いまくぐったはずの鳥居はどこにもなく、長い下りの石の階段がどこまでも続いていた。木々の植生は、親代山のものと別段変わりないように見える。

「ここが神域っていうところ？」

『そ。親代山の水神の神域。なわばりみたいなもんだな』

一通り辺りを見回してから、手をつないでいる甲介を見おろして、貴司は声をあげそうになった。

普段と変わりない口調で肩を竦《すく》める少年――ではなく、河童。浅黄色のきらめく甲羅を背負い、ばさばさの苔《こけ》色の頭のてっぺんに甲羅と同じ色の皿をのせた生き物だ。

もとの甲介の半分ほどの背丈になっており、全身が緑色の皮膚《ひふ》に覆われているが、朱色の目はくりっとしており、よく見るとなかなか可愛い……爬虫類《はちゅうるい》的な可愛さというか。

（撫《な》でたい）

貴司はうずうずしたが、甲介は自分の姿の変化にまだ気づいていない。

つないでいた手を放すと、水かき付きの指を組み合わせてうんと伸びをした。

『神域ってのはいくつも重なってて、神の格によって同じとこにいたり、全然別の世界があったりするらしいよ。オレとか千代とか水神は人間に関わりが深いから、神域も人間の世界に近いとこにあるわけ』

「甲介くんもほんとに、立派な神様なんだね」

『あったりめーじゃん！　カッパ淵の河童大明神っつったろ？　これでも同属のあいだじゃあちょっとした出世頭なんだぜっ……と』

両手を広げて貴司を見あげたところで、視線の高さの違いに気づいたらしい。はっとした顔に、指の水かきが影を落とす。焦ったように自分の体を見まわした甲介は、その場で地団太《じだんだ》を踏むようにぴょんぴょん飛び跳ね、三度目に高く飛びあがったかと思うと、いつもの少年の姿に戻っていた。驚くしかない貴司の顔を、うかがうように覗《のぞ》きこんで、

「……見た？」

声の響きも、いつも通りに戻っている。おやしろ神もそうだったから、神のときと人のかたちでいるときは発声が違うのか。不安そうな目の揺らぎに、河童の姿を見られたくな

かったのかもしれないと思ったので、

「なにを?」

と、とぼけると甲介はほっとしたらしい。改めて大きく伸びをして、霧を透かした青空を見あげた。

「あー、こっち来んの久しぶり。人間の世界と違って空気に混じりっ気がないから、羽を伸ばしたくなっちまうんだよなあ。つってもオレは飛んだりできねえけどさ、気分的に違うっつーか……っと、貴司、こっち」

甲介が貴司の腕をつかみ、道の脇に除《よ》けさせた。

「動くなよ。できれば声も出すな」

いったいなにが……問いかけたいのはやまやまだったが、甲介の眼差《まなざ》しは大まじめだ。

まもなく、その理由がすぐ真横の茂みから現れる。黒っぽく、ぬるぬるした、巨大な……蛭《ひる》のようなもの。間違いなくあまり関わりあいになりたくない部類だ。それは貴司たちに気づかないまま参道を横切り、反対側の茂みをなぎ倒しながら消えていく。

気配が遠ざかったあと、二人は同時に息をついた。

「あーオレ、やっぱああいうやつら苦手」

と、甲介が顔をしかめてぼやく。

「神域の清浄な気に溶けきれない陰の気が集まって、ああいうブツになるんだ。喋りもしないし関わると面倒だし、ないわー。人間の世界にはああいうのがいないからいいよな」

「人間のところにだって、ああいうものはいるよ」

「マジ？　見たことあんの？　どこで」

「僕がよく見たのは、学生寮の階段だったな。関わらないほうがいいだろうっていうのは一目でわかるから、見て見ぬ振りを通したけれど」

「マジかー。オレ、親代の里にしか住んだことねえから、知らなかったわ……おやしろ様が授けたっていうあんたの目、神様だけが見えるわけじゃねえんだな。さっきみたいなやつとか、目が合っちゃやばいやつだって結構いるじゃん？　そいつら、いままでどうしてたわけ？」

「どうもこうも、見て見ぬ振りで通したよ。僕がずっと見ていたかったのは千代さんだけで、あとはどうでもよかったから」

さらりと言ってのける貴司を、甲介は怯《おび》えたような目で見る。千代に執着しすぎる変人のように思われているとわかったが、貴司とてはじめから達観していたわけではなく、おやしろ神に教えられて目を洗いに通う三か月のあいだに、じわじわ慣らされていったのだ。

まずはおやしろ神の姿が見えるようになり、神社の周囲に集まる影が見えるようになり……交差点にたたずむ地縛霊や、小学校の物置にいる血まみれの用務員など、見える目でなければ見えずに済むものが、人間の世界には溢れていた。

でも、そういうものもすべてひっくるめて千代のいる世界だ。受け入れなければはじまらない。

「僕よりも千代さんのほうが心配だよ。あのひとこそほとんど旅館から出たことがなかったのに、ああいうものを見て怖がったりしていないかとか」

「どっちかってーといまは千代が、ああいうもの寄りになってると思うぜ。あんただって見たんだろ、奥座敷で、千代の姿。あんな感じで守り神にもたたり神にもなれないでいるとしたら、どうなっているんだろうな……」

甲介が水神の祠があるはずの山頂を見あげ、体を震わせた。ちらっと貴司を見て、渋々浅黄色の羽織を脱いで寄越す。

「……ちょっと、貴司、これ着といたほうがいい」

「どうして？　別に寒くはないよ」

それに先ほどの姿と重ね合わせると、この羽織は甲介の甲羅部分にあたるような。

「黙って着とけっての。河童の衣は水難除けになるんだよ——オレは河童だし、泳げるし、溺《おぼ》れるわけでもねえから、たぶん。上のほうから、やべーくらいに怒ってる気配がびんびんしてくるんだ」

「上？」

とりあえず貴司は羽織を受けとった。見た目よりも軽く、羽織ると薄いが暖かく、ほのかに苔の匂いがする。

山頂までの道のりはあと少しだ。のぼり道の参道のそばに、竹の樋《とい》から湧きだす清水があり、それはたぶん、かつて貴司が目を洗うために通った場所と同じだった。

神域のなかとはいえ懐かしくなり、水に手を触れようとしたとき、

「貴司！」

甲介が叫んだ。振り向く暇もなく、いきなり山の上のほうから襲ってきた鉄砲水が、草も木も清水の樋もなぎ倒しながら貴司がいた場所をさらう。もちろん避ける暇などありはしない——が、目を開けると貴司は水のなかにいて、特に息苦しいわけでもなかった。

(甲介くんの羽織のおかげ……かな？)

甲介は無事だろうか。隣にはいない。振り仰ごうとすると、痺《しび》れるような怒りの気配とともに声が響いてきた。

『三澄ノ貴司、我ガ眷属、小町御前ノ加護ヲ受ケテオキナガラ裏切ッタ、不届キモノメ——……！』

「水神様？」

山頂近くに光が溢れており、金色のなかにうっすらと龍の姿が見える。全身清らかな水色の鱗《うろこ》に覆われた、しなやかな龍だ。貴司がひとの世界で見て見ぬ振りしてきたものたちとは真逆の存在。空気を震わす鈴の音も聞こえた。

うっとりと見入りそうになる気持ちを抑え、空気の泡を吐きながら交流を試《こころ》みた。

「あなたは親代山の水神様でしょうか。僕は三澄貴司、千代さ……小町御前様に守っていただいてきた三澄荘の当主で、小町様の夫です。小町様はいまそちらにおいでてでしょうか。もしおいでてでしたら、貴司が迎えに来たと、お取次ぎを——……」

『笑止！』

まっすぐ稲光が向かってきた。青白い光が貴司の周りで弾け、羽織の袖《そで》がちりっと音をたてた。すぐそばの木が黒焦げになる。

『ソナタラ三澄ノモノガ小町御前ニシタ仕打チヲ、我ガ知ラヌト思ウカ。六百年ニワタリ縛リツケラレタ眷属ノ恨ミ、我ガ代ワリニ晴ラシテクレル……ッッッ』

再び叩きつけられた稲光をぎりぎりで身を反らして避け、貴司は石段を蹴《け》った。甲介の羽織のおかげか、水のなかなのに空を飛ぶように走れる。

心から河童に感謝しながら、水神目指して突進しつつ、叫んだ。

「千代さん！」

『コチラニ来ルナ！　無礼ナ……！』

「千代さん、どこかにいるなら返事をしてくれ！　僕に怒っているのは水神様ではなくあなたのはずでしょう！　あなたのたたりならいくらでも受けて構わないんだ、だからどうか、顔を見せ……！」

叫びながら走るうちに、あっという間に水神のもとに辿《たど》りついてしまった。清らかな龍は、まさか人間が恐れもせずに向かってくると思っていなかったのかもしれない。

そして貴司も戸惑う。目の前の龍は千代ではないし、土地にとって大事な水神様だ。だがこちらの話も聞かずに稲光を放ってくるし、飛びかかれば捕まえられそうな気はするのだが、どうしたら……。

龍の、怯えたような、透明に近い水色の目と目が合う。

あと一歩で角に手が届きそうなとき――、

『……………水乃ちゃんっっっ！』

意識していなかった足元のほうから声が響き、同時に黒いかたまりが頭上から叩きつけるように降ってきた。水ではない――黒い蛇たちだ。水神の水に次々と飛びこんでは、じゅっと音を立てて身をくねらせる。沈んでくる水ではないものに、あっという間に腰まで埋まったところで、足をとられた。水神の水壁が崩れて濁流《だくりゅう》になり、貴司と黒蛇をずるずる押し流していく。そのまま神域の外まで放りだされそうな勢いだが、幸いにというか、叩きつけられた大木の枝をつかんでなんとか堪える。

「千代さん……っ」

貴司が求めるひとは、宙に浮かぶ龍の真下にいた。水色と金の光に包まれた水神に比べて、そのひとの周りの空気は黒く淀《よど》んでいる。着ているものはいつもの浅緋《あさあけ》色の着物ではなく、白い打掛のようで、かんざしを挿していない髪が長く腰まで垂れていた。貴司に気づかれたとわかると、横を向いて袂《たもと》で顔を隠す。

「千代さん、そのままそこにいて！　逃げないで、話をさせてくれ！」

『……っ』

ためらう気配。やっぱりあれは千代だ。貴司は大木から体を引きはがし、のたうつ黒蛇を搔き分けながら石段をのぼっていく。

「千代さん、昨夜のことはごめんなさい。急にあなたの姿が見えなくなって、とても心配しました。あなたが受けた心の傷をすべて癒《い》やせるとは思わないけれど、誤解があると思う。母が小町様に嫉妬していたのは――……」

千代が身を翻《ひるがえ》した。立っていた石舞台から飛び降り、姿を消してしまう。

「千代さっ……」

参道の残りをのぼりきったとたん、何者かに襟首をぐいっとつかまれた。一瞬、甲介かと思ったが、貴司を恨みがましく見あげているのは十代半ばの少女だ。水色の髪に、水色の着物。さきほどの龍と同じ色の瞳を怒りで潤ませながら、河童からの借り物の羽織をぐいぐい引っぱる。

「千代千代って、うるさいのよ、三澄の貴司！　勝手にひとの神域に入りこんでおいて、あたしの友達に気安く話しかけるんじゃない！」

状況的に、そうだろうとしか思えない。おやしろ神よりもだいぶ若いというよりも幼いが、周りを満たす霧とこの少女の気配は同じものだ。

「水神様でしょうか……？　あなたが……」

正体を見破られた水神――水乃は、ぷくっと頰を膨らませて木の上を睨みつけた。

騒ぎが一切届かないだいぶ上のほうで枝に腰かけていた甲介が、慌てだす。と、細い稲光が鼻先を掠《かす》め、河童は哀《あわ》れな悲鳴をあげながら落ちてきた。

「うわ、ひでえ……無防備な眷属に雷を落としますかってんだ、まったく」

「河童！　おまえがこの男に羽織を貸したんでしょ！　千代の友達のくせに人間に味方するなんて、裏切者！」

「やー、オレは中立なんで……っつーより、おやしろ様に貴司の面倒見を任されたんで。っつーより……どっちかってーと千代をほっとけねえから来たんですってば」

「甲介くん。木の上から千代さんが見えた？」

甲介は気まずそうに、鼻の頭を掻いた。

「見えたけどさ、ありゃあもう、ほとんど千代じゃねえっていうか——オレたちは平気だけどさ、貴司は会わねえほうがいいよ、たぶん。千代は女の子だろ、好きなやつには見られたくねえ姿のときだって、あるだろ」

「僕は千代さんがどんな姿でいたって、可愛いと思うよ。でも、好きなやつって……？」

千代に誰か想い人がいたのだろうか。まさか、甲介とか？　動揺がわかりやすく顔に出た貴司に、甲介は訳知り顔で鼻を鳴らしてみせた。

「千代がオレを男として好きなわけねーじゃん。二十年そこそこしか生きてないお子様は、これだからなあ」

「じゃあ、誰」

「あんた以外に誰がいるっての」

「僕？」

自分を指さした貴司に、甲介が重々しく頷く。まるで神様のありがたい宣託のようだったが、根拠もない希望を鵜呑《うの》みにできるほど、おめでたい性格ではない。

「まあね……そうだね。千代さんは、周りみんなを大切にしてくれるひとだから」

苦笑交じりに言うと、甲介のこめかみに青筋が立った。

「あ、むかついた。もしかして、信じてねえな？　オレの言うこと」

「いや、信じてるよ。千代さんが僕を好きでいてくれるかもっていうんだろう？　そうだったらいいなって思っているし」

「腹立つなー、こんちくしょう。河童大明神の羽織を借りておいて宣託を信じないたあ、ふてえやろうだ。とっとと返せ、その衣！　メロンの利子つけて返せ！」

袖をつかんでむしられそうになる。もちろん返すのに異存はないのだが、なぜ甲介が怒っているのかわからないので戸惑った。

「ちょっと待ってくれよ、甲介くん。どうして怒って……」

もみあう二人の耳に「ちょっとー、やめてよー！」という甲高い悲鳴が届いた。

顔を見合わせ、声のもとを探せば、水神の少女が大きな岩の上に立って水色の頭を抱えている。

「もう、千代ってば、後先考えないで自分の神域から飛びだしてきたんだわ！　どうするのよ、この陰の気！　あたしの家の玄関をどろどろにしちゃって！」

とりあえず稲光をこちらに向ける余裕はないらしいので、こっそり近づいていく。水神が立っている大岩棚によじのぼってみたとたん、思わず「うわ」と声が洩れた。

思いだすのは、馬糞《ばふん》。甲介が三澄荘の玄関に撒き散らしてくれたものに似た黒いべとべとが岩棚のあちこちに張りつき、腐った卵のような異臭を放っていた。

（これを掃除するのは大変だろうな）

涙目でじたばたしている少女が気の毒になってくる。そもそも千代が黒い姿になったのは貴司たちのせいであって、水神は巻き込まれただけだと思うとさらに申し訳ない。

「僕が掃除します」

宣言すると、水神の少女は水色の潤んだ目を貴司に向けた。

「あんたが？　どうやって」

「ブラシで擦って、バケツで流して……雑巾もいるかな。だいたいの悪いものは掃除すれば浄《きよ》められるから、それでなんとかなるんじゃないかと」

「洗い流すだけなら、あたしにだってできるのよ！」

水神がむっつりしながら岩棚の下を指さした。そこは大きく窪《くぼ》んだ崖のような大穴で、なかに黒い靄と蛇のようななにかがひしめきあっていて、底を見通せない。その靄は見ているあいだにもどんどん膨らんで溢れてきそうだった。

「問題は、この陰気のもとが千代だっていうこと。いくらこぼれたところを洗い流したって、あの子が立ち直らない限りどんどん増えていくいっぽうなの。原因はあんたでしょーが、三澄の貴司。どう責任をとるつもりなの……ちょっと、どうして脱ぐっ？」

貴司は浅黄色の羽織を脱いで、甲介に返した。それからもとから着ていたパーカーを脱ぐと、袖の部分を丸めてべとべとを擦りだす。さっと撫でたくらいでは落ちなかったが、力を込めてくり返し拭《ぬぐ》ううちに、もとの石肌が見えてきた。

「ここに掃除用具はなさそうですし、僕が神罰でどうにかなる可能性を考えたら、先に済ませたほうがいいと思いました。あまり千代さんを待たせておくのも心配だし」

だったらお気に入りの服の一枚くらい台無しにしようが、さっさとどろどろを磨いてしまおう。どのみち死んだら服もいらないのだから。

パーカーを裏返しながら岩を磨く貴司をまじまじ見たあと、水神は甲介を振り返った。

「こいつって、馬鹿？」

甲介は頭の後ろで腕を組みながら、答えてくれる。

「たぶん、そうじゃね？」

(どうせ、馬鹿だよ)

十分すぎるくらい自覚はしている。守り神をずっと見ていたいがために、普通の人とは違う目を欲しがるなんて正気の沙汰《さた》ではない。おかげで甘いものが食べられなくなったし、静かな暮らしというものも失ってしまったし。

　でも、後悔なんてするわけがない。

　――貴司ぼっちゃまは、小町様の……夫ですもの。

　千代がそう言ってくれたとき、貴司は天にも昇りそうな心地で、嬉しかったのだ。

　――小町様が、あなたを認めないはずありません。明日の夜も、きっと……貴司くんを、お待ちしているはずです。

（その明日の夜が、今日なんだよ、千代さん）

　今日の夜、貴司は千代に告白しようと決めていたのだから。

　たたり神になったまま逃げるなんて、認めない。絶対に、一緒に過ごしてもらう。

（ちょっと執着心が強すぎるかな。でも、これが僕なんだし）

　千代には、こういう自分をなんとか受け入れてもらうしかない。

　一通りのどろどろを拭きとると、パーカーは表裏とも真っ黒になった。貴司は汚れた服を丸めて水神を振り向き、

「あの、いちおうは拭きとったんですが、仕上げに水など……」

　みなまで言わないうちに、頭上から大量の水が落ちてきた。バケツをひっくり返したよ

うな雨が、数秒のあいだ貴司と岩棚の上に降り注ぎ、すぐに止む。

貴司は瞬《また》きした。大岩棚ばかりか、パーカーについた黒いものまで流れ落ちて、まっさらにきれいになっている。水神の少女が腕組みしたまま、得意げに鼻を鳴らした。

「水？　もっといるの？」

「いえ……おかげさまできれいになりました。ありがとうございます」

ついでに目が覚めた。ずぶ濡れになりながら大岩棚を降りた貴司に、甲介が浅黄色の羽織を振りまわしてみせる。

「これ、もうちょっといるんじゃね？　貸してやるよ」

「せっかくのすごい着物だし、それこそ汚しちゃったらもったいないよ。でも、ありがとう。ここに来るまでのあいだ、ものすごく助かった。甲介くんはすごいな」

「まあな、それほどでも」

羽織を肩にかけ、甲介は得意げに胸を反らす。水神の少女は、

「あたしはものすごく腹が立ったわよ」

と、ぼやいた。

大岩棚の縁に這《は》いつくばり、崖を見おろす。この下に千代の神域があるらしいが、上か

らではどう目を凝《こ》らしても、そこにあるという洞窟を見つけることはできなかった。まるで底なし沼だ。

でも、行かないわけにはいかない。貴司が思いきって崖に足を下ろすと、黒い靄が威嚇《いかく》するように立ちあがって、靴先に噛《か》みついてきた。相当温度が高いらしく、ゴムが焼ける臭いが漂う。

（飛びこんだとたんに一生が終わりそうだな）

それが千代の望むところなら、貴司にも異存はないが。一、二の三でこの世に別れを告げようとした貴司の後ろ頭を、水神の少女が華奢《きゃしゃ》な足で蹴飛ばした。

「……」

つい、抗議するような視線を向けた貴司に、

「神を真正面から見るでない。無礼、不遜《ふそん》であるぞ！　三澄の貴司」

傲慢《ごうまん》に言ってのけてから、むくれた顔を背ける。

「生身の人間が穢れた気のど真ん中に飛びこんだら、さすがに死ぬわよ。そうでなくたってこの崖はけっこう深いんですからね――……あたしの祠のなかから千代の神域に降りられるの。死体が転がるよりよっぽどましだから、そっちを抜けていくといいわ」

貴司は怒ったような少女の横顔を、まじまじと見た。親代の里の水神は、かつて千代を

人柱にとったものだ。千代は水神の祠に閉じ込められたとき、この姿の少女に迎えられたのだろうか……それとも、神々しい姿の龍に？

少女の向く顔の先には、大岩棚があり、重なる岩の奥に入り口のような空間があった。

「そこは六百年前、千代さんが入れられた祠でしょうか」

我慢できずに聞くと、水神は頷く。

「あたしの力不足を補うために、人間の巫女が人柱を送りこんだのよ。神域と人間の世界で入り口は違うけれど、なかは一緒。入り口は狭いし、真っ暗だし……あたしは自分が神々しいからいいんだけど、人間の千代は怖かったでしょうね」

「水神様が、なかで千代を出迎えたわけでは……」

「水乃よ。あたしの名前——千代がつけてくれたの。もちろん、出迎えたりなんてするわけないでしょ。あたしは人柱なんて欲しくなかったんだから、千代のほうから見つけてくれるまで、ずっと岩の隙間に隠れていた」

水神の——水乃の横顔が曇っていた。出会ってから名前をつけてもらうほど仲良くなれた友達に、かつて悲しい思いをさせたことを憂《うれ》えるように。

「三澄の貴司。あたしはあんたが千代を救えるなんて思わない。でも、千代がああなっちゃったのがあんたのせいなら、責任をとるのを止めるつもりはないわ。行くなら行けばいい……ただ、途中で逃げて戻ることだけは絶対に許さないからね。いい？」

「千代さんと一緒でなければ、決して戻りません」

貴司は誓った。立ちあがって大岩棚に近づき、入り口を塞ぐ一枚岩を見あげる。かつては村人が数人がかりで動かしたかもしれない大岩を、貴司一人の力でどうこうできるわけもなかったので、後ろにまわってみると、人一人がやっと体をねじ込めそうな空間を見つける。

隙間の先は――闇《やみ》だ。どこまで奥が続いているのかわからないし、どんな虫や、化け物が潜んでいるかもわからない。

（こんなところに……閉じこめられたのか）

見知った子供たちの誰を犠牲にすることも望まずに、一人で当たりくじを引いて人柱になった。手足を縛られ、目隠しをされて……岩穴に押しこまれるとき、彼女は恐怖を感じなかったのだろうか？　あの感情豊かな千代が、そんなわけない。

（泣いたのかもしれない。それともやせ我慢をして、笑おうとしたりして）

それとももっと真面目に、水神に祈っただろうか。当時、田畑に水が行き渡るかどうかは、現代の貴司には想像もつかないくらい真剣な問題だったはず。

考えながら、洞窟のなかに降り立ち、目を凝らす。隙間からの光が届くのは数歩先までで、そこからは手探りで進むしかなさそうだ。一瞬、嫌な考えが過《よ》ぎって足元を見まわしたが、とりあえず人骨らしいものは落ちていない。ほっとした。人柱になった千代が、この大岩の裏で息絶えていたのかもしれない——なんて、縁起でもない。

(千代さんは生きのびたんだ。少なくとも、神様になったんだから。ただの悲劇で終わったわけじゃない)

村のために自らを犠牲にしたあと、神となっても、六百年間を三澄家のための守り神として縛りつけられてきた千代。貴司はどうしたら彼女を助けられるのだろう。

この闇の奥から千代を見つけて、手をつかまえて、自由に。

(自由に——なったとき、千代さんは、僕といてくれるのかな。痛っ……)

気をつけているつもりでも自然の穴の天井は低く、油断すると突きだした岩に頭をぶつけてしまう。目を開けても閉じていても同じことで、ともかく両手を顔の前にかかげてそろりそろりと進むしかない。闇が重く、自分自身が潰されそうだ。千代はどうやって、このなかを進む勇気を得られたのだろうか。

なにかしるべのようなものがあったらいいのに……。

貴司が暗闇に向けて目を凝らし、人ならぬものでもなんでもいいから、手掛かりを見つけようとしたとき。すいっと、小さな光が顔の前を横切った。

見間違いか、目の錯覚かと瞬きする。だが、小さな光はいったん弱くなったあと、また点滅しながら闇のなかを奥へと進んでいった。

（……蛍、だ。こんなところに）

千代と山のなかで見た光。水神の神域に迷いこみ、洞窟に入りこんでしまったのか。

それとも、千代にくっついてきた？

（僕みたいに）

少し、笑う余裕ができた。強く弱く、点滅しながら先を行く蛍は、どこを目指しているのだろう。一人ぼっちで穴のなかにいても伴侶《はんりょ》は見つけられないだろうから、もし貴司がここから出られるときには、つかまえて外に連れだしてやりたい。

そのときは、千代も一緒に――……。

狭い穴をくぐり、まだまだ先のわからない闇に溜息が出そうになったとき、

――『手ヲ貸シテヤロウ、三澄ノ貴司！』

洞窟のなかに大音声《だいおんじょう》が響いた。水神だ。振り返った貴司の目に、周りの壁を洗い流しながら押し寄せてくる水が映る。水神にとって水は手足と同じかもしれないが、貴司にとっては命の危機だった。

（手を貸すって言われても、いまは河童の羽織を着ていないから……あんまり息が続かな

くなると困るんだけど）

もちろん逃げ道などあるわけもなく、まもなく水に追いつかれ、全身を包みこまれて足元がふわりと浮く。勢いは荒っぽかったが、水は渦を巻いており、渦の中心にいる限りは流れが岩から守ってくれるらしい。それでも洞窟の狭いところを通るときは角にぶつかるわ、上下左右に揺さぶられるわで散々だった。

（蛍は）

道案内をしてくれる虫が心配になって、周囲を見回す。渦の先に淡い光があった。水に巻き込まれる前に保護してやりたい。貴司が水を掻き、手を伸ばして光をつかもうとしたとき——流れが急に垂直になった。

洞窟が途切れ、広い空間に真っ逆さまに落ちていく。真っ暗で、なにもない——水面でよかったと、叩きつけられたときに思った。地面だったら死んでいた。

盛大な水しぶきがあがる。

（うっぷ……）

ものすごい勢いで沈んでいく……落ちたときの衝撃が強すぎて、体勢を整えられない。頭をかばう手が水底に触れたが、泥ではなく、岩でもない不思議な弾力があった。手のひらで撫でさすると、頭のなかに声が、

『きゃっ……なにっ？』

この声は、

（千代さ……、うわっ）

水底がずるずると動き、触れていた貴司も巻き込まれて引きずられそうになった。

慌てて手を離し、水を掻いて湖面を目指す。

（ここは、地底湖？　……というより）

水ではなくて、お湯だ。地底の温泉。水神が送りこんだ大量の水で薄められても、なお温かいところからして、相当の湯量があるらしい。

ようやく水面から顔を出した貴司の鼻先を、点滅する光がすうっと横切る。蛍が、とまるところを求めて温泉の上を飛んでいた。落ちてきた天井の隙間を、黒い靄が蠢《うごめ》きながら集まって塞いでしまう。空気が淀んでいて、息苦しい場所だ。

口を押さえながら蛍に目を戻すと、貴司から十メートルほど離れた闇の真ん中でぴたりと動かなくなった。

目を凝らしても、なにも見えない。いや――だんだん目が慣れてくると、蛍がとまっているものもぼんやりと発光しているのがわかった。儚《はかな》げな灰色の光だ。

光が微かに揺れるのは、それが生きているから。

（千代さん）

声をかけたらまた逃げられてしまうだろうか？　でも千代がここにいたということは、ここが彼女の神域で、最後の隠れ場所のはずだ。

貴司は息を詰めながら、お湯を掻いて光に近づいていく。水底を覆っていた動くものが真下にあるのがわかった。泳ぐ手が表面に触れる。やはり弾力があり、タイルのように滑らかで、継ぎ目があり……息づいて、動いている。

（もしかして、これが……いまの千代さんの体なんだろうか）

『……貴司くん？』

か細い声が聞こえた。耳ではなく、頭のなかに沁《し》みてくる。泣いているようだったが、彼女のほうから話しかけてくれた嬉しさがこみ上げ、貴司は感情を抑えつつ、

「うん」

『さっきは……ごめんね。突き飛ばしちゃって……木にぶつかって、怪我しなかった？』

「大丈夫だよ、どこもなんともない」

貴司の認識では蛇の大群に襲われたのだが、千代としてはあれが突き飛ばしたことになるらしい。さすが神。

「謝る必要もないよ。千代さんは、水神様を庇《かば》っただけだって、わかっているし」

『違うの。わたしが庇ったんじゃなくて、水乃ちゃんがわたしの代わりに貴司くんをやっつけようとしてくれていたから、ちゃんと自分のことは自分でやらなきゃダメだから、突き飛ばしただけなの。水乃ちゃんは優しい子なんだよ、貴司くん、女の子にいきなり飛びかかったりしたらダメなんだからね』

「それは……以後、気をつけるようにします」

『ように、じゃなくて気をつけるの。わかった？』

「はい」

水や稲光でこちらが先に襲われたことは関係ないらしい。とりあえず素直に反省はするものの、貴司もいくぶん落ちこんでいた。やはりいまや自分は千代にとって、やっつけなくてはならない存在らしい。

（仕方ないのかな）

蛍のか細い光を消してしまおうとする黒い靄。ずるずると動き続ける長い体も、靄と同じ闇の色だ。ずっと純粋に生きてきた千代の心を汚した責任はとらなければならない。

「僕はどうすればいいのかな」

蛍の光がぴくっと震えた。驚いたように宙に浮かぶが、また同じところにとまる。

『……どうすれば、って？』

「僕がどんなふうに罪を償えば、あなたの気持ちが晴れるのかっていうこと。ここの温泉に沈めっていうんならそうするし、飲まず食わずでじっとしていろっていうならそうする。それとも、もっと手っ取り早く舌を噛もうか？　思いきりが必要だから難しそうだけれど」

『怖いこと言わないでっ』

「怖くはないよ、大丈夫、千代さんはただ待っていてくれるだけでいいから。とにかく、あなたを傷つけた僕が消えないうちは、ここの黒い靄も消せないいんだろう？　だったらなんでもするよ、千代さんが自由になるためなら、なんでも」

『嘘《うそ》だよ、そんなの』

「どうして嘘だと思うの」

『……』

「じゃあ、証明を」

口ばかりだと思われるのは癪《しゃく》だし、嘘をついているつもりもない。貴司は泳ぐ手を止めた。

すぐに全身が湯のなかに沈み、ただでさえ静かだった物音がさらに遠ざかる。沈んでみてから気づいたのだが、この湯の匂いや肌あたりは、馴染んだものとそっくりだ。

（もしかすると、おやしろ温泉？）

　貴司が継いだ旅館の温泉は、千代の神域から湧きだしたものだったのか。だとしたら、ありがたいことだ……目を開けても見えるのは闇ばかりだが、目を閉じると、まるで三澄荘のなかで、千代のそばにいるような心地さえする。息を止めておくのにも限界があり、貴司は空気の泡を吐いた。生き延びたがってもがく体を、なんとか意志の力でじっと抑えこんでいたのに、ふいになにかが手足に巻きつく。

　あっという間に湯の上まで持ちあげられ、貴司は噎せた。咳《せ》き込みながら、自分を支えているものはなんだろうと考える。滑らかな剝片《はくへん》が連なった、巨大な、長い……。

（蛇の尾だ）

『貴司くんの、ばかっっっ！』

「う、わっ」

　貴司を高く掲げているものがうねり、振り落とされそうになる。必死でつかまりながら目を凝らすと、黒い靄が薄れたなか、蛍の光のそばに、ほのかに発光しているものが浮きあがって見えた。

　赤く輝く、上弦のお月様のような……目。二つあるそれが、貴司を真っ向から睨みつけてくる。鱗のある体もほんのり赤みを帯びていて、淡い光を放ちつつ、半ば以上湯に浸かっているようだった。貴司を持ちあげているのはその、尾の先だ。

これが千代の——小町御前の、本来の姿。

（蛇……か。水神様は龍だったけど、千代さんは蛇）

甲介は見ないほうがいいとか言っていた。もちろん畏怖《いふ》の気持ちがないわけではないけれど、貴司は嬉しいような気さえした。前掛け姿も蛇の姿も、千代の姿ならどんなふうだって美しいと思う。

その千代は、神の本性を隠すことも忘れるくらいに怒っているらしい。

『馬鹿ったら、馬鹿！　どうして自分で溺れようとなんてするの。貴司くんになにかあったらゆみちゃんが悲しむんだよ、それくらいのこともわからないのっ？』

じかに頭のなかに響く声の、大音量がきつい。貴司はもう一つ咳き込んで、喉《のど》の奥の湯を吐きだしてから、できるだけ穏やかに千代に向き合った。

「母が悲しむのはわかるけど、千代さんも悲しませたくないいんだよ。僕をやっつけなきゃ千代さんが救われないいんなら、あなたの手を汚さなくて済むように自分でやろうとしただけで」

『わたしは貴司くんをやっつけたいなんて思ってない！』

「でも僕や、母に怒っているから黒くなったんだよね？」

『違うの、これは……っ』

千代はいまさら自分の姿を思いだしたように面《おもて》を伏せる。光る目が見えなくなっても、蛍はすべすべした頭にとまったままだし、ぼんやり光る鱗の体もそのままだ。ずるずると動き続ける体にしがみついているのは難しかったが、千代の膝枕のようなものだと思えば、危うささえ楽しい。

『……怖いでしょ、貴司くん。この姿……これがいまのわたしの本性なの』

「ぜんぜん、怖くないよ。むしろ抱きつきやすくて嬉しいっていうか。うわっ」

蛇体《じゃたい》が大きく動いたので、貴司はお湯のなかに転げ落ちた。立ち泳ぎでなんとか浮き上がると、濃い緋《ひ》色の蛇の目が蛍の光よりもらんらんと輝いている。

『……昨夜も言ったよ。わたし、怒っているんじゃないの。ただ、悲しいだけなの。貴司くんや、ゆみちゃんや、これまで祈ってくれた三澄の家のみんなを傷つけてきたのに、いまさらどうしようもないから。取り返しようもないことを考えているだけなのに、どんどん神威が黒くなっていっちゃって、とめられない』

それは千代が純粋すぎて、いままで悪意を知らずにきたせいだろう。

後悔なんて、負の感情ですらないようなものなのに。

「僕も昨夜言ったけど、母や僕が傷つくのは僕らの勝手であって、千代さんが責任を感じる必要なんてないんだ。母は、父がいなくなった苛立《いらだ》ちを小町様にぶつけているだけだし、僕は、ただ単に父とあなたの結婚に昔からやきもちを焼いていただけなんだから」

『だからそれが、貴司くんを傷つけたっていうことでしょ。ちゃんとお父さんとお母さんに仲良くしていてほしいのに、お父さんが別のひとと結婚していたりしたら、やっぱり悲しいもん』

「別のひとじゃなくて、千代さんだから嫉妬したんだよ。僕が千代さんを独り占めしたかったのに、父と夜を過ごしたりするから我慢できなかったんだよ。当主と小町様の結婚のせいで傷つけられたっていうならそうかもしれないけど、小町様が千代さんじゃなかったらそもそも、やきもちなんて焼いたりしない」

『それが、だから、わたしのせい……』

「僕が千代さんを好きなせいだよっ！」

この、わからずや。

もっと明るかったらよかったのに——耳まで真っ赤になった顔を見たら、どれだけ本気か伝わるだろうに。貴司はお湯を掻き分け、蠢く蛇の体を踏み越えて蛍の光を目指した。

千代が顔を背けたが、構うものか。思いきって腕を伸ばし、蛇の頭に抱きつく。

三澄荘の大岩ほどの大きさの頭は冷たく硬く、額がすべすべしていた。

逃げたそうに身を捩《よじ》るのを精一杯の力で押さえ込みながら、貴司は千代に、ずっと伝えたかったことを言ってやる。

「あなたがずっと好きだったんだよ、小さい頃、出会ったときから。好きな人が他のやつと結婚していたら、傷つくのは当たり前じゃないか。でもそれは過去の話で、いまのことじゃない。僕はもう三澄の当主で、あなたと祝言をあげられた。いまは——昨日までは、すごく幸せだったよ」

『どうして……昨日までなの』

「昨日の夜、あなたが消えてしまうまでは幸せだった。さっき、あなたを見つけるまではすごく不幸だったよ。でも、いま、千代さんを抱きしめられて、また幸せだ」

蛇はびくっと震えたが、貴司の言葉に力を抜きかけ、また、いやいやと首を横に振る。

振りまわされる貴司は大変だ。この、頑固者め。

『貴司、くんが……たとえそうでも、ゆみちゃんは、傷つけたもの。奥座敷を壊したいくらいに怒ってたもの』

「奥座敷を潰すなんていうのは、ただの八つ当たりだよ。そもそも当主と小町様の結婚が嫌だっていうなら、儀式をしなければいいだけだったんだから。八つ当たりもするし愚痴《ぐち》ったりもするけれど、三澄の人間は結局、小町様が大事で、身近な家族みたいに思っていたんだ。母はいまはへそを曲げているけれど、祖母だって、父だって、奥座敷では小町様に普段話せない愚痴も聞いてもらっていたじゃないか」

　それは貴司が小さい頃から、早百合のそばで見てきたことだった。いつも従業員を統率して、凛《りん》と振る舞っている祖母が、奥座敷の小町様の前に来るとぶつぶつぶつぶつ、いつまでも終わらない文句を吐きだしている。父親もそうで、奥座敷で過ごす夜は、妻と喧嘩した愚痴などを小町様に聞いてもらっていた。

　二人とも千代の姿は見えていなかったけれど、貴司だけは、千代が笑顔でうんうん頷きながら話を聞いている姿を見ていた。

「あなたは六百年のあいだ、ずっと、僕たちにとって優しい相談相手で、かけがえのない家族でした。小町御前様――加護を願うだけの守り神ではなくて、家族だから、愚痴るし喧嘩もするし、甘えたりもする。そこにいる存在を信じているからこそ、語りかけるし……嫉妬もしてしまうんだ。見えないからいないものとして扱っていたなんて、思わないでほしい」

『…………』

「みんな、あなたのことが……なかでもいちばん、僕が、だけど。あなたのことが――大好きです」

　貴司の腕のなかで、千代はなにも言わなかったが、泣いているような気がした。貴司の熱が移ったのか、冷たい鱗の温度が上がったようにも感じられる。

（……蛍）

蛇の頭にしがみつく貴司の鼻先で、蛍が光を放っていた。指先にとめておいたら、外に連れだせるだろうか。そっと手を近づけてみると、するりと逃げて飛びたってしまい、貴司は苦笑した。もうつかまえないから戻っておいで——そういうつもりで探した視界の端を、光がちらりと横切る。そちらにいた、と思って顔を向けると、また反対側に。

新しい光を追いかけた目の先で、ふわり、ちらり、と、点滅しながら複数の光が交差して飛ぶ。

（もう一匹……いや、たくさん）

貴司は瞬きした。千代の神域全体を覆っていた黒い靄が、次々と雨のように滴って温泉に落ち——湯面に触れるなり、青白い無数の小さな光に生まれ変わって飛びあがる。

蛍——なのかどうか、わからない。ただ、千代と見た山のなかの群れに似ていた。

蛇が薄目を開き、貴司が見ているものに気づいて目を見張る。

蛇体からも黒色が溶けだしていた。鱗の光が増すにつれて、貴司が抱きついていた頭の形が変わり、しぼんでいく。

光のなかに浅緋色の着物が見えた。蛍を見つめる目の、縦に裂けた虹彩が丸く変わり、長い睫毛ももとに戻る。口元の小さな鱗が消え、ふっくらしたあどけない唇に変わっていた。長い髪だけは解《ほど》けたままで、いつも通りではないけれど。

　貴司が蛍ではなく自分を見ていることに気づいて、千代が顔をうつむける。黒い靄が消えたおかげで周りがだいぶ明るくなり、拗《す》ねた表情がよくわかった。

「黒いどろどろが蛍に変わって、千代さんがいつもの姿に戻ったっていうことは……機嫌を直してくれたのかな」

「そんなの、わかんないっ……」

　いつもの千代の声だ。

「だとしても、わたしはもう三澄荘に戻れないもの。依り代を壊してしまったから、ご縁が断たれてしまったから、せっかく貴司くんが迎えに来てくれても、もう、三澄荘の小町様はどこにもいないんだよ」

「ご縁はちゃんと残っているじゃないか。あなたと僕は夫婦なんだから」

「へ？」

　ぽかんとした表情。いますぐ新婚らしいことをしたいのはやまやまだったが、せっかく浄化された気持ちを下手に揺るがして、どろどろを再生させる危険は避けておきたい。

　貴司は千代を抱きしめる代わりに、ポケットから取りだしたものを長い髪に挿した。正しい使い方がよくわからないので、挿すだけ。

千代が髪から滑り落ちそうなものを手で押さえて、すぐに気がつく。つまみ細工の椿のかんざし――昨夜、奥座敷で落としたものだ。

くっきりしたいつもの目に、きらきらする蛍の光が反射して、もう一つの星空のようにきれいだ。

「ちゃんと祝言をあげて、固めの盃も交わしたよね。木人形ではなくて、僕があなたに注いだお酒をおいしいって、飲んでくれたじゃないか」

祝言の夜の話だ。貴司はちゃんと千代に酒を注いだし、千代はいい飲みっぷりで盃を空っぽにしていた。千代も同じことを思いだしたらしく、恥ずかしそうに、

「あれは……貴司くんが注ぐからでしょ」

「旅館の守り神になんて、もう、戻らなくてもいい。三澄荘は傾くかもしれないけれど、この先あなたに僕以外の誰とも結婚してほしくないから、いいんだよ。ただ、僕は、あなたと一生を――添い遂げたいだけです。許してくださいますか、小町様」

千代の瞼《まぶた》が震える。目を閉じたはずみで、ぽろりと零《こぼ》れた涙にも蛍の光がきらめいた。

「言ったはずだよ、ぼっちゃ……貴司くん。小町様は、あなたをお待ちしていますって」

「千代さんは？」

「……やだ。もう、これ以上は、恥ずかしいから言わない……っ」

ぽろ、ぽろ、と零れる涙まで恥ずかしがって、両手で顔を覆って隠してしまう。きれいなのに。その手をどけたいのはやまやまだったけれど、やっぱり、いま怒らせて蛇に戻してしまうのはもったいなかったので——貴司は千代の頭をそっと撫でて額に口づけただけで、泣きやんでくれるのをおとなしく待った。

五

昔語りとこれからの展望

六百年前。小さな里の人間にとって、田畑が潤うかどうかは命に関わる問題だったし、巫女《みこ》の宣託は神の言葉そのものだったので、水神に人柱を捧げるというのはみんなを救うために必要なことだと受け入れられた。くじを赤く染めたのは、千代《ちよ》自身の意思だ。村の家々では働き手が必要だったが、千代は名主《みょうしゅ》の娘なので大事にされて、いつも小さい子供たちと遊んでばかりだったから。

「もちろん、怖くないわけじゃなかったの。目隠しをされて、岩のなかに閉じこめられるなんて、平気でいられるほうがおかしいでしょ。だから、しばらくは必死で祈ったわ」

千代と貴司《たかし》は手をつないで、出口を探していた。ここはたぶん、水神の大岩棚から覗《のぞ》きこんだ崖《がけ》の真下だ。穴を覆《おお》っていた黒い靄《もや》が晴れ、重なりあう木と岩の隙間《すきま》に青空も見える。はるか上から流れ込む滝が、穴の途中で水を散らし、霧となって降り注いでいた。

それほど深い穴の底から——蛇体《じゃたい》の千代ならひとっ飛びで外に出られるはずだが、いまのところ三澄荘《みすみそう》にいたときと同じ姿に戻ってしまったため、とりあえずほかの出口を探すしかないらしい。

——依《よ》り代《しろ》がね、あれば、奥座敷にすぐに出られたんだけど。なくなっちゃったからね、だから。

（いざとなったらまた怒らせて、蛇《へび》になってもらうっていう手もありそうだけど）

その提案をするだけで怒らせそうなので、とりあえず貴司は口を噤《つぐ》んでいた。

崖の縁に湯気のたつ水場があり、覗きこむと奥に深いらしい。焦るあまりいろいろなことを考えてしまうのか、昔語りをはじめたのは千代のほうからだった。

彼女が水神の人柱に捧げられたときの出来事。

「申しあげます……親代《おやしろ》の里を潤す水神様、わたしは名主の娘、千代と申します。どうぞ新しい土地を潤すだけの水をもたらしてくださいますよう、心よりお願い申しあげます……って。でもだんだん喉《のど》が渇いて喋《しゃべ》っていられなくなるし、お腹《なか》がすくと眠くもなるでしょ。だから、ずっと祈っていたつもりが、いつの間にか眠っていたみたいなの。どれくらいの時間だったかわからないけれど」

起きあがると、目隠しがぐっしょり濡れていた。どうやら眠りながら泣いていたらしい。手は前のほうで縛られていたので目隠しを外すのは難しくなかったが、どうせ目を開けても真っ暗な洞窟《どうくつ》のなかだ。

そんなふうに、自分にしては拗《す》ねた心で閉じた目を開いたとたん――息を呑《の》んだのだった。闇《やみ》のなかに星が瞬《またた》いていたから。点滅する、光……手を伸ばすと、さらにいくつもの星が白打掛の袂《たもと》から飛びだしてきて、頼りなくふわりと浮き上がり、逃げるように飛んでいく。

「……蛍だったの。おかしいよね、穴のなかには草も木もないのに。まさかわたしにくっついてきて閉じこめられちゃったのかなって、慌《あわ》てて、つかまえようとして追いかけたの」

――ねえ、お逃げ……どこかに出られる隙間があるでしょう？　ねえ、奥に行っちゃったら出られなくなるわ。お逃げったら……待って、ねえ。

ふわふわ漂う光を追うあいだ怖さを忘れ、洞窟のなかをさ迷い歩いて……やがて、ひときわ光る洞《うろ》を見つけて覗きこんだところ、そこに小さな龍が隠れていたのだ、と。

千代の昔語りを聞きながら、貴司の脳裏を過《よ》ぎる記憶のようなものがある。

（……こよりのくじは、残り二本。大きい子に先を越されてなかなか順番が回ってこなくて、僕の番が来たのはくじを持つ千代さんが引く、一つ前だった。先に引いてはずれだった大きい子たちが文句を言っていた）

──千代ちゃーん、このくじ、ほんとにあたりあるの？

──あるよ、もちろん。さあ次は──くんの番だね。あたるかな、どうかな？

子供は不思議だった。大きい子たちには見えないかもしれないが、小さな子供の目の位置からは千代の手の隙間がはっきり見えて、こよりのくじはどちらも白い、はずれくじなのだ。でも、

──はい、どうぞ。どっちかなー？

千代に笑顔で差しだされると、ずるのくじかどうかなんて訊《き》けなくなってしまう。おずおずと手を伸ばして片方を引いたが、やっぱり白のはずれくじ。「あー、残念」と、千代が笑う。

そして最後のくじを持つ手を開く前に、左の手に隠していた針で指先を刺してわずかに顔をしかめたのも、ちゃんと見てしまった。

その表情も一瞬で、すぐにいつもの優しい笑顔に戻ったけれど。

──うわあ、見て。最後の一本があたりくじだったみたい。このくじ引きは、千代があたっちゃったー。

ずるーい、千代ちゃんずるーい、と大きい子たちが口をとがらせる。千代は「ごめん

ね」とみんなに言い、不思議そうに彼女を見あげている小さな子の頭を、指の血がつかないようにしながらそっと撫《な》でた。

（そのときは、わからなかった。僕たちよりもずっと大人で、いつも明るかった千代さんの笑顔が淋《さび》しげに見えるのはなぜだろう、なんて。それからすぐ水神様の人柱の話が聞こえてきて、大人たちが千代ちゃんを岩穴に閉じ込めるつもりだって、大きい子たちが騒いでいるのを聞いた。村の水不足は深刻だったたし、くじ引きで人柱の役を引き当てたのは千代さんだったから、誰も何も言えない。千代さんの父親の名主ですら、村の総意で決まったことを覆《くつがえ》すなんてできるはずがなかった）

——ひとばしら、ってなに。ちよちゃん、どうなるの。

——うるさいっ……チビ太《た》、おめえも手伝え！　みんなで急いで、親代山に虫取りに行くんだ！

日暮れまでに掻《か》き集めた虫を、大きい子たちがどんなふうにして千代に届けたのか、知らない。

その夜は村じゅうが騒がしく、小さな子も眠ることができなかった。夜中に外が明るくなり、松明《たいまつ》の灯《ともしび》がいくつも並んでいるのが見えた。寝床から這《は》って出て、外を覗くと、名主の家のほうから灯《あか》りに囲まれて、きれいな女性が歩いてくるところだ。

誰かわからないくらいにきれいだった。いつも結い上げている髪を解いて下ろし、白い打掛を着ていたから。だけど小さな子の家の前でその人は手を縛られ、目隠しをされそうになっている。

——ちよちゃん！

大きな声を出したとき、一瞬、千代が不思議そうに首を巡らせた。白打掛の袂が揺れ、蛍が数匹、淡い光を放ちながら飛びだす。目を凝《こ》らした小さな子を、家のなかにいた母親が襟《えり》首をつかんで引き戻し、頭に拳骨《げんこつ》を食らわせた。

——こりゃっ！　人柱の行列は神聖なもんだ。子供は見るもんでねえ、さっさと寝ろ！

寝床に押し込められそうになりながら、小さな子は必死に抵抗した。

——ちよちゃん、くじでずるをしたんだよ。だから、ひとばしらになるの？　ちよちゃん、めかくしをしてどこへいっちゃうの、ねえ！

——どうもなんねえ。千代さんはえらい子だ、お心のきれいなひとだ。きっと水神様のおそばで可愛《かわい》がられて、神様になるのに違いねえよ……。

頭を撫でられて、くり返し言い聞かされて、その晩は寝つけたのかどうか——その小さな男の子が人柱の意味を理解し、あの日の虫たちの行き先を知ったのは、それから十何年も経《た》ってからのことだ……。

（——なんていう夢を、いつ見たんだったかな）

何度も見たのかもしれないし、一度だけかもしれない。ずっと昔、貴司の身に起こった出来事なのか、それとも親代の土地に染みついた記憶なのか。わからないことばかりなのに忘れがたい夢を、この優しい女性に伝えるならいましかないような気がしたので、

「ねえ、千代さん」

「なあに、貴司くん」

千代は、大真面目な顔つきで岩の陰《かげ》を覗きこんでいる。貴司に心配させないようにとしっかり手を握っているくせに、その手のひらが汗ばんでいるのは焦っている証拠だ。

「心配しなくていいからね。ここはわたしの神域なんだから、出口がわからないなんてことはないんだから。もうちょっと歩けば、きっと外に」

「あの、蛍を……あなたの打掛の袖《そで》に詰め込んだのは、親代村の子供たちだったんだよ。岩穴に閉じこめられるあなたのしるべになるようにって、みんなで必死に集めたんだ。日が暮れる前だったから、見つけるのが大変だったけれど」

「そうだったんだ。わたしもびっくりしたけれど、あの光のおかげですごく励まされたんだよ。みんな、優しいいい子たちだったよね。すごく懐かしい――……」

嬉《うれ》しそうに頬《ほお》を緩ませてから、ふと真顔になる。貴司を振り向き、首を傾《かし》げた。

「貴司くん……どうして村の子たちのことを知っているの？　どこかで会ったことがあるんだっけ」

「たぶんないと思うよ」

だって六百年前の出来事だ。貴司にとっては、ただの夢のなかのお話だ。ほんとうにあったかどうか……それも自分の身に関わることだったかどうかなんて、いまさらわかるわけもない。

「それよりも千代さん。僕に一つ考えがあるんだけど、言ってもいいかな」

「うん、いいよ。なに？」

考えるまでもなく、ここで水神か甲介《こうすけ》の名を叫んだら、聞きつけて助けに来てくれるはずだ。それはわかっていたものの、貴司は千代とつないだ手を放したくなかったので、湯気のゆらめく水場のほうを指さした。

「この温泉って、三澄荘までつながっているもの？」

「うん、そうだよ。わたしが神様になってから、はじめて村まで出ていくときに通った道に温泉が湧いたの。これが割れ岩のもとに噴きだして、お母様やみんなの役に立ったんだよね。だからいまでも道をたどれば三澄荘に着くはずだけれど、それがどうかしたの？　貴司くん……まさか」

千代にじっと見つめられ、貴司は頷《うなず》く。穴の底をぐるりと一周しても外への出口は見つからなかったが、もしかして、温泉のなかになら。

＊

三澄由美子《みすみゆみこ》は事務所で一人、針仕事をしていた。電話もかかってこなければ、予約メールの着信もない。本日の泊まり客はゼロどころか、三澄荘は休業中だ。

一か月前……深夜に、館内の電圧が不安定になる騒ぎがあり、その翌日からの凋落《ちょうらく》っぷりはすさまじいものがあった。朝食のメロンに歯形がついていたとかいう口コミが写真付きで出回り、廊下の電球が破裂したことも広まって古い建物の安全性に疑念を抱かれ、幽霊の足音を聞いたとかいういい加減な感想もつけ足されたところで、いきなり温泉のお湯が黒く濁《にご》ったあげく湯量が激減してしまった。調べてもまったく原因がわからず、たぶん源泉に問題が起こったのだろうという。

温泉旅館には致命的な事態だ。当然、浴場は閉めるしかなくなり、そのことを知らせた宿泊予定客は全員キャンセル。口コミのせいで宴会客にも避けられてしまったため、半月前から番頭以外の従業員には出勤を控えてもらっている。

いま、三澄荘にいるのは番頭の林《はやし》と、由美子だけ。もう一人、緊急事態にいなければならないはずの当主も、あの次の日から姿を消していた。カッパ淵《ふち》を訪れ、酒屋に寄ったあと、親代神社の参道をのぼるところまでは目撃されていたが……そこからの消息は不明のまま。

(あたしが小町様《こまち》を罵《ののし》ったのが、そんなに気に入らなかったわけ？　なんだっていいけど……とにかく、無事でいてくれれば)

由美子も親代神社には馴染《なじ》みが深いので、捜索ついでに参拝し、山頂の水神社の祠《ほこら》までのぼってみたものの、手掛かりはゼロ。頭上からカラスの糞《ふん》をかけられただけだった。

ただ、すがる思いでひいたおみくじには——待ち人。来る。気長に待て、と。

(俊司《しゅんじ》のときは『来ない。諦《あきら》めろ』だったから、そのときよりは希望があるか)

ぼんやり思いながら、玉留めをした糸の端を切る。できあがったものの形を整えていると、事務所に入ってきた林が由美子の手元を覗きこんで、言った。

「あれえ、それ、お人形の着物ですか？　女将《おかみ》さんが裁縫なんて、珍しい」

「あんまり暇すぎて、ね」

奥座敷の整理がてら天袋を開けてみたところ、出るわ出るわ、ひしめくように詰め込まれていた古道具類が溢《あふ》れだしてきたのだ。主にお手玉、おはじき、かるたやままごとの食器など、女の子の遊び道具ばかりだったが、着物や帯も交ざっていた。浅緋《あさあけ》色の、籠目《かごめ》に小花模様がついた娘用の着物だ。もとは早百合《さゆり》のものだが、由美子が小学校に入る前、着付けの練習用にしたいからとねだって譲ってもらった記憶がある。子供の頃からピンク系の色など似合わないので大嫌いなのに、どうしてそんな真似をしたのか……。

（誰かに似合いそうだと思って、こっそりあげたかった？　まさかね。だったら、こんなところに残っているはずないし）

従業員の誰かが仕事着に使ったあと、辞めるときに置いていったのかもしれない。生地はところどころ擦り切れ、修繕したあともあって、だいぶくたびれた着物だった。人にあげられるような状態ではないし、由美子はそもそも着ない色だ。いっそ解いて、なにかを縫おうと考えて――目に留まったのは、床《とこ》の間に置かれた、つぎはぎだらけの木人形。

夫がらみのことで文句も募っていたとはいえ、六百年来先祖が大切にしてきた小町御前の壊れた姿を見たときは、言いようもなく胸が痛んだ。数日かけて必死に接着剤でつないだのだが、腕や打掛の部分にくっきりと割れ目が残ってしまっている。

あれに着物を着せてあげたら……ちょっとはましにならないだろうか。

そういうわけで縫いあがった小さな着物を手に、由美子は奥座敷を訪れた。

婚礼の儀式以外では滅多に入ることもなかった部屋だ。

歴代当主たちの写真は無視して床の間に向かい、小町御前人形の前に膝《ひざ》をついて手を合わせる。

「こんにちは、小町様……うちの馬鹿《ばか》息子はまだ戻ってこないわ。いったいどこをほっつき歩いているんでしょうね」

ぶつぶつ言いながら浅緋色の着物を木人形に着せかけ、襟元を紐《ひも》で結ぶ。

黒っぽかった木肌が、修繕するうちになぜか白くなったようなのは気のせいか。

顔の部分が無傷でよかった。吊り気味の大きな目と、すんなり通った鼻筋と、笑っているような小さな口元。自分で着替えさせてやった愛着も加わって、由美子は思わず小町様の頭を撫でた。

「あなた、可愛い顔していたのね。うちの旦那《だんな》なんかにはもったいないくらい。貴司は、だから小町様をかばっていたのかしらね。ちゃんと言い分を聞いてやらなくて、かわいそうなことをしたのかしら」

だから姿を消してしまったのだろうか。話を聞かない母親を見放して……それならそれでいいから、無事で、せめて居所を知らせてほしい。しんみりしていると泣いてしまいそうだったので、由美子は鼻をすすり、背筋を伸ばした。

「ともかくお客様が来ないいんじゃ、ここの改装もしばらくはなしね。小町様、一人ぼっちで奥座敷にいるんじゃあんまりさみしそうだから、いっそ母屋《おもや》に引っ越していらっしゃる？　母の部屋が空いているのよ。なんのおもてなしもできませんけど——そういえば、貴司が冷蔵庫に残していったメロン、冷凍庫に移して凍らせっぱなしだったわ。あれもそろそろ食べちゃわなきゃね——……」

かつての早百合そっくりに、小町御前人形に向かって独り言を続けているとき、

——お、女将さん！　早く来てください、貴司くんがぁっっっ！

ばたばたという足音と、悲鳴交じりの林の声。由美子は襖《ふすま》を蹴破《けやぶ》る勢いで奥座敷から飛びだした。

＊

「しっかりつかまっていてね、貴司くん」

大真面目に言うので、貴司は遠慮なく千代につかまった。千代は貴司より年上らしいと

はいえ小柄だから、後ろから抱きこんでしまうかたちになるのは仕方がない。いつもなら真っ赤になって怒りだしそうなのに、いまはここから脱出するという目的があるせいか、真剣な目で温泉を睨《にら》んでいる。

「じゃあ、行くよ。息ができなくなったりしたら、すぐに教えてね」

「うん」

「ほんとうだよ。わたし、神様なんだからね。無理をしたりしたらダメなんだからね」

「大丈夫です」

いち、にの……千代の合図に合わせて、心中よろしく飛びこむ。全身が湯のなかに沈んでも、熱さや息苦しさは感じなかったし、そもそもあまり心配をしていなかった。甲介の羽織を着ているとき溺《おぼ》れなかったのだから、神様の千代を抱きしめていて窒息《ちっそく》するわけがない。ただ、紺《こん》色に揺らぐ温泉のなかはどこまでも深く、まるで夕方の空に吸い込まれていく気分だった。蛇体ではなくても、いまなにかの力を発揮しているからか、千代の体はぼんやり発光している。挿しなおしたかんざしが緩んで落ちそうになっているので、貴司はこっそり手で包みこんで押さえておいた。

そんなに長い時間でもなく、きょろきょろとお湯のなかを見まわしていた千代が、

「あ、あそこ」

と、指さす。流れの向かう先が狭くなっていき、その向こうに真っ暗な隙間と……わずかな光も見えた。出口だと本能的に感じたものの、飛びこむ前から予想していたことを言わずにいられない。

「千代さん。あの先って、浴場に温泉を引き込むパイプにつながっているのかな」

「え？　うん、そうかもしれないけれど、でも出口だし」

「僕たちがそこに飛びこんだりしたら、パイプに詰まらないかな。それとも、いきなり破裂したりして、浴場がとんでもないことに」

「え、でも、もう止められないし……――貴司くんのばか！　どうして、もっと早く教えてくれなかった、の――……っっっ！」

出口の心当たりがほかになかったからだが、ぎりぎりまで言わなかったのは、千代の慌てるさまが見たかったからだ。千代は引き返そうとじたばたしだしたが、貴司に抱きすくめられているのでうまくいかない。暗い隙間が近づいてくる。貴司は流れに身を委《ゆだ》ね、水神の神域に入るとき甲介が教えてくれたとおりに、目をつむった。

ほんの一瞬、腕のなかの千代がかたちを変え、同時に強い力を放ったのがわかる。

『たか、し、くん、の、ば――か――――っっっっ！』

ものすごい罵り声が頭に響いたせいで、さらにきつく目をつむったあと――……。

ぴちゃん……。

水音が聞こえた。貴司はうっすら目を開く。馴染んだ場所の気配と匂いを感じたものの、いまいる場所がどこなのか、すぐにわからなかった。

膝のところまでお湯に浸かっており、古い色タイルに両手をついた格好で、腕のなかに誰かを組み敷いていた。

（………千代さん?）

いままで抱きついていたのだから、そうに違いないが……いつもの千代よりさらに小さめというか、華奢《きやしゃ》に見えるような。

肌の色が白く、黒目がちの目がぱっちりして、睫毛《まつげ》が濃く、唇は桃色だった。髪は黒く長く、浅いお湯のなかに広がっていた。顔立ちそのものが変わったわけではないのに、雰囲気があどけないせいか十七、八歳くらいに見える。模様を織り込んだ白打掛を着ており、丈が少々合っていないようで、胸の上で重ねた手のほっそりした手首まで覗いていた。

間違いなく千代なのに、これまで見てきたどんな姿とも印象が違う。これまでが向日葵《ひまわり》なら、こちらは撫子《なでしこ》というか、つまり可憐《かれん》というか。それでいて、どこかで会ったことがあるような気もする。鮮やかで、くっきりしていて、年下で――……。

（可愛い）

「貴司くん？」

「え？　あ……」

貴司は慌ててどいたが、声まではっきり聞こえるせいか、胸まで痺《しび》れる心地がした。どきどきとうるさい心臓に、静まれと心のなかで念じてみるものの、すぐにはおさまりそうにない。千代は貴司の挙動不審な様子に首を傾げながら身を起こしたものの、いまいる場所をきょろきょろ見回すと「あ」と、嬉しそうに両手を合わせた。

「ここ、三澄荘の浴場のなかだね。ちゃんと出られたんだ、よかったぁ……もう、貴司くんが脅《おど》かすから、すごく焦っちゃったんだよ。でも、ちょっとしかお湯をはっていないのは、どうしてなんだろう。大掃除をするつもりなのかな？」

「あの」

「うん？　なに、貴司くん」

「千代さん、だよね……？」

「そうだよ、もちろん。それがどうかしたの」

どうもしないのだが、どうかしている。握りしめていた椿《つばき》のかんざしを「これ」と言って差しだすと、千代はぱっと明るい笑顔になった。

「ありがとう！　お湯の勢いがすごかったから、なくしちゃわなくてよかった。ええと、髪……ずいぶん濡れちゃってるなあ、いつもならすぐに乾くんだけど。それにこの……着物？」

不思議そうに白打掛を引っ張り、襟元を覗きこんだりしている。その姿を横目で見ているうちに、やっと、いまの千代をどこで見たことがあるのか思いだした。

（小町御前人形だ）

六百年前の誰かが千代を彫った人形。まっすぐな髪や打掛姿の雰囲気がそっくりだ。そしてその姿はいつかの夢のなかで、人柱として連れていかれる千代と同じもので、

「千代さん。もしかしたら、なんだけど。いまのあなたは人柱になる前の、人間の……」

ガラララ……と音を立てて、浴場の入り口の扉が開いた。声もかけずに現れたのは、番頭の林である。林は誰もいないと思っていた浴場内に人がいて――なにしろ休業中だ――しかも着物姿の女の子だったため、ぽかんと口を開けて固まった。こちらは男風呂だ。

千代のほうが先に、慣れ親しんだ顔を見て嬉しそうに笑う。

「あ、林くんだ。お疲れ様」

「はい、お疲れ……って、きみ、バイトの子？　なんでそんな着物を着て、風呂に……」

林の表情が強《こわ》ばる。千代を庇《かば》うように横から現れた貴司を、まるで幽霊でも見る目つきで見ていた。

「林さん、お疲れ様です。浴場のお湯が抜いてあるけど、これから大掃除かな」

「た、た……たかし、……く……無事？」

「あ、はい。無事です」

親代山にのぼったり神域に行ったりしたことを、林に知らせたつもりはなかったのだが、なにか心配をかけただろうか。とりあえず連絡もなしに数時間も出歩いていたのは、まずかったかもしれない。窓の向こうを見ると、外の光は黄色かった。

「心配をかけてすみません」

素直に謝ったとたん、林は目にいっぱい涙を溢れさせて浴場を飛びだしていった。

「女将さあん！　早く来てください、貴司くんが——っっっ！」

旅館じゅうに響きそうな声で叫ぶから、貴司はお客様に聞こえたらどうするんだろうと心配になった。

「今日の予約のお客様って、もういらしているのかな。早く手伝いに行かなきゃね」

千代が水を滴《したた》らせながら近づいてきて、貴司に並ぶ。貴司は頷きつつ、手を伸ばして千代の髪に触れた。水気を含んだ髪はしっとりと重くて冷たい。

「先に千代さんは髪を乾かして、着替えなきゃ。風邪をひいてしまうよ」

「ええっ、なにを言っているの。貴司くんはもう知っているでしょ、わたしは神様なんだから濡れないし、風邪なんてひか……くしゅっ」

答えたはしからくしゃみが出て、千代は口を押さえる。何事かと目を丸くしている顔の頬の赤みに気づいて、貴司は確信した。やっぱりこの千代は……生身だ。

神様ではなく、生きた人間。

（神域で蛇の姿になったあと、いつもの大人の千代さんに戻って、温泉の道を通るまではそのままだったのに……なにが起こったんだろう。生身は可愛いけれど、若くなったのはなぜなんだろうか。こっちの世界にいて大丈夫なのかな）

急いでおやしろ神のところに戻って、指示を仰いだほうがいいかもしれない。それよりも着替えをするのが先か。貴司は脱衣所からバスタオルを取ってきて、千代に被せた。女物の着替えの在り処《ありか》を考えながら黒髪をぐりぐり拭いていると、廊下からばたばたと騒がしい足音が近づいてくる。

「貴司ぃっ……！」

いきなり男湯に飛びこんできた由美子が、悲鳴のように叫ぶなり貴司に抱きついた。

口論以来、まともに顔を合わせるのははじめてだが、そんなに顔色を変えなくても。

「母さん、どうしたの……えっ？」

由美子は泣いていた。固めた拳《こぶし》で貴司をぽかぽかとぶつ。体格の差があるので痛くはないが――わけがわからずされるままになっていると、やがて息子のシャツをわしづかんで、ぐいぐい揺さぶりはじめた。

「あんた、馬鹿っ……この、馬鹿ぁ……ひと月も連絡もしないで、どこ行ってたのよっ……！」

「いや、そんなに心配をかけたつもりじゃないんだけど……、……ひと月、って？」

貴司が親代神社に出向いたのは正午前で、そこから甲介に神域に連れていってもらい、千代を探しだすまでにかかった時間は……体感としては、せいぜい三時間くらいのもの。

しかし由美子はボロボロ泣いているし……外からじーわじーわと聞こえてくるのは、ひょっとして蟬《せみ》の声だろうか。

「ひと月でしょうが！　先月の十九日にいなくなって、今日も十九日なんだから！　いくら成人している息子だって、連絡もなしにいなくなったら心配するんだってことくらいわかりなさい！　それであんたはいったいいままでどこにっ……そちらの子、どちらさま？」

由美子が見慣れない女の子に気づき、鼻をすする。千代のほうはバスタオルを被ったまままきょろきょろしていたが、由美子の視線がどうやら自分に向いているらしいとわかると、近づいてきて顔を覗きこむようにした。

「……ゆみちゃん？」

由美子は幼い頃に会った千代のことは忘れていた。覚えていたとしても、二十代半ばに見えた仲居姿と、いまの十七、八歳くらいの白打掛姿では雰囲気が違いすぎて、同一人物だとわからないだろう。

それでも、親しみのこもった呼びかけに嫌な気はしなかったらしく、泣き顔を取り繕《つくろ》ったすまし顔で返事をした。

「はい、そうですよ……由美ちゃんなんて呼ばれるの、学生のとき以来だけど」

「……母さん、見えるの？」

「見えるって、この子が？　当たり前でしょ、実は幽霊だなんて言いださないでよ。それで、あなたはどなた……？」

由美子が息を呑む。はじめて会うはずのやたらときれいな女の子が、息子から自分を引きはがす勢いで抱きついてきたのだから無理もない。千代はぐしょ濡れの体を由美子にぎゅうぎゅう押しつけたうえ、子供相手にするように頭を撫でてきた。

「ゆみちゃん、ゆみちゃん……久しぶりだねえ。どうしてわたしが見えるのかな――わからないけど、また見てもらえて嬉しいよ。わたし、千代だよ。ゆみちゃんはもう忘れちゃっているかもしれないけど、わたしはいつもゆみちゃんをそばで見ていたからね。なのにいっぱい、いろんなことに気づかなくてごめんね」

ずぶ濡れの着物……というより年代物の白打掛姿で、鈴を転がすような声と、泣き笑いの顔で謝られてもわけがわからない。

すっかり毒気を抜かれた由美子は、女の子の肩越しに息子に説明を求めた。

「ちょっと、貴司……あのさ、この子。あんたの知り合いなの？」

「僕の奥さんだよ。千代さん」

「はあぁぁぁあっ？」

いきなりの爆弾発言。由美子は数秒、固まったのち、千代の肩をつかんで引きはがし、まじまじと姿を見た。千代はきょとんとして由美子を見返す。

長い黒髪に、白い顔。くっきりした目と唇……冷静に見ても、かなり可愛い。背丈は由美子より少し低いくらいだが、体つきがほっそりしていて、たおやかな風情《ふぜい》だ。

（なんとなく……小町人形に似ているような）

息子の好みがこういう古風なタイプだったのなら、ご神体の木人形を気に入っていたのも納得がいく。しかし、この子は十代ではないだろうか。まさか家出少女を拾ってきたとか？　焦る気持ちはあるものの、ともかく――いまは貴司が無事に帰ってきてくれたありがたさを第一に考えて、この美少女の正体とか、結婚するにあたって親の許可もとらなかったのかとか、責めたてるのは後回しにしよう。また出ていかれちゃたまらないし。

(もちろん、黙って済ませるつもりもないけどね！)

「母さん、千代さんはね。小町御前様の」

「ああ、いいわよもう、人形に似ているって言いたいんでしょ！　詳しい話はあとでじっくり聞いてあげるから、とりあえずあんたと……千代ちゃん？　母屋に来て、シャワーでも浴びてから着替えなさい。旅館のお風呂はいまどっちも使えないからね」

「なにかあったの？」

「見りゃわかるでしょ、お湯が出ないの。あんたがいなくなってすぐに原因不明で詰まっちゃっ、て」

どどどど、と聞こえるこの爆音はなんだろうか。立ちこめるこの湯けむりは。由美子がぽかんと口を開け、貴司と千代が視線を交わしてから同時に浴槽を振り向く。

なりゆきを見ているだけだった林が三人を掻き分けて浴場に飛びこみ、言わずもがなのことを叫んだ。

「女将さぁん！　た、貴司くん！　見てください、温泉が――！」

もうもうと煙る真珠色の湯気と、怒濤《どとう》の湯量。由美子の顔がみるみるうちに輝く。

開湯六百年、小町御前という神様がもたらしたおやしろの湯は、この日、当主の帰還とともに見事に復活したのだった。

＊

じーわ、じーわ、じーわ、と蟬が鳴く。親代神社の境内《けいだい》は木に囲まれており、ふもとよりは涼しいものの、今年は暑さがきつい夏になりそうだという。

「氷を詰めた箱か、なるほど。見た目にも涼しく、酒も冷えるとは良いことずくめだな」

甲介が冷えたメロンにこだわっていたので、もしかしたらおやしろ神も冷酒を好むかもしれないと考えて、四合瓶《びん》をクーラーボックスに入れて運んできたのだった。かなり重かったが、相変わらずの山伏《やまぶし》姿の女神が、氷を眺めつつご機嫌で一杯やりだしたのを見れば、滴る汗も報われるというもの。

「あたしはこんなんじゃ騙《だま》されないからね、三澄の貴司！」

バニラシェイクのストローを咥《くわ》えながら、少女姿の水神が喚《わめ》く。おやしろ神の隣にちょこんと腰かけて、ぶつぶつ文句を言いながらもストローから口が離せない様子だ。

「あたしの人柱を、勝手に神域から引っぱりだしちゃって——おまけに境界の壁をぶち壊すときに、千代は神威をほとんど使いきっちゃったのよ！　六百年分！　せっかく小町御前として溜めこんできた力が、全部パア！」

――水神社にもお神酒《みき》はあげられるけれど、水乃《みずの》ちゃんは女の子だから甘いものが好きだと思う……。

という、千代の助言に従ってよかった。甘いシェイクに懐柔されて、腹を立てても怒りきれずにいるのが微笑《ほほえ》ましい。

「ごめんね、水乃ちゃん」

千代も、水乃の隣に腰かけていた。手には彼女のぶんの、あずき入りのシェイク。

サイズの合わない白打掛はとりあえずクリーニングに出すことにして、千代の着替えは早百合が置いていった古い服だ。萌黄《もえぎ》色のサマーセーターとスカートの組み合わせ。セーターにはピンクの花模様がついていて、見ようによっては古風かもしれないが、千代によく似合っている。黒髪も、まとめ髪ではなくてポニーテールを巻いたところにいつものかんざしを挿していて――由美子は、かんざしはちょっと合わないんじゃないかと助言していたが――ともかく、とんでもなく可愛い。

「温泉の道を通って貴司くんと外に出ようとしただけで、まさか、体ごと外に出ちゃうなんて思わなかったんだよ。いったいなにが起こったのかなあ」

「むっかつくわー。あんたはあたしのものだから、生身の体もあたしの神域で大事に守っていたのに、無理やり飛びだしていったんじゃないの……なんで、穴の底からあたしに助けを求めなかったわけ？　呼ばれたらすぐに行くつもりで待ってたんだからね」

「そうなんだ、ごめんね」

千代は素直に謝るが、水乃が睨みつけているのは貴司だ。三澄貴司なら水神を呼ぶだけでいいとわかっていたはずだと疑われている……実際そうなのだが。

貴司は蟬のうるさい木を見あげて知らんぷりを通した。

「まったくもう。いい？　千代、人間の世界なんかにいたらあっという間に歳《とし》をとってよぼよぼになるんだからね。早く戻ってきなさい！」

「あっという間って、どれくらい？　いますぐ帰らなきゃならないくらい？」

「人間の寿命だから、八十年とかそれくらいでしょ。あたしたちの時間にしたらあっという間だわよ」

つんとしてシェイクを思いきりよく吸った水乃が、こめかみを押さえて顔をしかめる。キーンときたのかもしれない。

少女たちのやりとりを面白そうに眺めていたおやしろ神が、平盃《ひらさかずき》を掲げて言った。

「確かに、神の世界での時間の流れは、人の世のそれとは違うものだ。六百年前、十四歳で神域に入った千代の生身が、ゆるゆると時を経《へ》て十八歳に成長したと見える。三澄荘で働いていたときは大人扱いされるように姿を取り繕っておったから、貴司は驚いたろうな」

「はい。……それはもう」

貴司は拝殿にあがらず、境内から神様たちのやりとりを見守っていた。普通の人間だから遠慮している……というよりも、バニラやあずきのシェイクからできるだけ離れていたいだけだった。

（人間の世界の六百年が神域の四年に相当するなら、僕の一生は千代さんたちにとって……半年とちょっとか）

それは、あっという間かもしれない。

無邪気にシェイクの味くらべをしている千代を見ると、溜息が洩《も》れてしまう。

「もしも千代さんがこのまま人間の世界にいて戻らなかったら、小町御前様はどうなるのでしょうか」

「前までは千代の生身が神域に残り、小町御前が顕現《けんげん》しておったが、いまはそれが逆になっただけのことよ。神域には小さき蛇《へび》となった小町御前がちょろちょろしておって、人間の千代が死んだとてそれは変わらぬ。それより」

おやしろ神は酒がぬるくなる前に平盃を干してから、くすくす笑った。

「壊れたはずの依り代を、由美子が貼りつけて修繕したそうだな？　継ぎはぎだらけだが前よりも可愛くなったと、千代が自慢しておったぞ」

「そうですね。母が、小町様のために着物を縫ったので」

もともと千代が気に入っていた浅緋色の着物も、由美子が子供の頃にあげたものだったそうだ。だいぶ着込んでくたびれていた着物を解いて、由美子は小町御前人形のための着物を縫い、千代はそれを可愛い可愛いと飛び跳ねて喜んでいた。

とはいえ、あの母はそもそも繊細な作業ができるたちではない。接着剤のはみ出したあとがくっきり残るご神体でいいのだろうかと貴司は疑問だったが、おやしろ神は「千代が構わぬならよかろうよ」と、豪快に笑い飛ばした。

「新しい依り代を六百年も拝めば、失われた神威ももとに戻ろうさ。だが、力を増すだけならばもっと手っ取り早い方法があるぞ。貴司、おまえが小町御前の人柱になるとかな」

「僕がですか？」

「六百年前、千代が水乃のそれとなったように。おまえが人柱として千代の神域に赴き、ついでに神となれれば三澄荘は弥栄《いやさか》えるであろうし、吾《われ》も飲み仲間が増えて喜ばしい。それでどうだ？」

おやしろ神は、貴司を神の仲間に引き込むついでに、酒盛りの相手をさせようという肚《はら》づもりがあるのか。

悪い話ではないような気がした。神域にはすでに一度行っているし、あの場所で永遠に千代といられるなら異存はない。ただ……、

「ダメ、ダメですよ、おやしろ様。貴司くんになにを勧めていらっしゃるんですか。貴司くんが人柱になるなんていうのは、絶対なしですから！」

いつのまにか聞き耳をたてていたらしい千代が、無礼も顧《かえり》みず会話に割り込んできた。

「ゆみちゃん、貴司くんがひと月いなかっただけですごく心配していたんですから。神様になったらゆみちゃんに姿が見えなくなるかもしれないし、三澄荘は跡取りがいなくなってすごく困ります。だから、絶対に認められません！」

「なるほど、跡取りか。そのことまでは考えが及ばなかった……それでは千代、おまえは生身の体でいるうちに、間違いなく三澄の跡取りを産むのだろうな？」

「へ？」

「そういうことなのだろう？　三澄荘には跡取りが必要で、だから貴司を人柱にはできない。貴司はおまえと祝言をあげているのだから、産むのはおまえしかおるまい」

「え……あ……、わたし、が……ですか？」

「吾は長年、三澄の嫁に跡取りを授けてきたのだ。貴司の代にも元気な赤子を授けてやる

から、楽しみにしておれ」

笑い混じりに宣言されて、千代は真っ赤になった。よくぞ言ってくれた、と貴司は心のなかで産土神《うぶすながみ》に拍手を贈る。六百十余歳で三十一回も結婚経験があるはずなのに、いまだに千代は貴司と夫婦らしいことをなにもしてくれない。

（また、昨日の例祭もなにもできずじまいだったんだから）

いい加減に拗ねたくもなるが――だからといって、悪いことばかりでもなかった。

貴司は昨日、帰ってからのあれこれを思いだして顔を綻《ほころ》ばせる。

昨日のこと――……。

神域とこちらの世界の時間の流れ方が違うおかげで、千代を探しに出歩いた数時間がひと月に変わっていた。由美子にとっては一人息子が突然行方不明になったあげく、配偶者を連れて戻ってきたのだから、もちろん、すぐに外に出してもらえるわけがない。復活したての温泉で温まり（もちろん男女別だ）、旅館の浴衣《ゆかた》に着替えたとたんに母屋に連れていかれ、根掘り葉掘り話を聞きだされ……る前に、ハワイから国際電話がかかってきたため、由美子は電話の向こうの早百合に貴司の無事と温泉の復活を報告しはじめた。

外はもうすっかり夕暮れ。夜の神社は危ないし、そもそも興奮状態の母親の目をかいくぐって母屋を抜けだすのは不可能そうだった。

(やっぱり今日、おやしろ様のところに報告にあがるのは無理か)

溜息を堪《こら》えて浴衣姿の千代を見て……こげ茶色のきれいな目と視線が合い、にこっと笑いかけられたとたんに、目を逸《そ》らしてしまう。

(どうしたらいいんだろう)

崩壊しそうな理性と照れのせめぎあいだ。ここが奥座敷ならともかく、母屋で襖一枚隔てた向こうに母親がいる部屋で、なにができると？　熱くなる顔を手で隠してそっぽを向いていたのに、

「貴司くん」

いきなり、千代の鮮やかな顔がすぐ目の前に現れた。

「うわっ」

「うわ、って、なに。貴司くん、こっちに戻ってきてから変だけど、もしかして具合が悪いの？　そうだよね、木にぶつかったり、温泉で溺《おぼ》れたりしたんだもん。ちょっと横になっておいたほうがいいよ。ゆみちゃんに頼んで、お布団を敷いてもらおうか？」

「……千代さんが添い寝してくれるんなら、横になってもいいけど」

「ええっ？　でもわたし、いまのところ眠くないし……とりあえず水乃ちゃんとは連絡が

とれたから、ゆみちゃんにお手伝いがないか聞いてこようかと思ったんだけど」

千代は両腕で小町御前人形を抱きしめていた。奥座敷で見つけたとき、もとの千代が着ていたものと同じ色と柄の着物を着せられていて驚いたのだが——それを由美子が木人形用に縫ったと聞いて、さらに驚いた。千代は「貴司くんの言ったとおりだね。ゆみちゃんも、わたしのこと大事にしてくれてたんだ」と、涙ぐむほど感動していたが。

（どういう心境の変化なんだろうな。母さんが小町様を受け入れたのなら、千代さんの正体を明かしても受け入れて……くれたらいいけど）

このひとは実は小町様で、六百年前に人柱にされた女の子でもあるとか。祝言をあげたのはいいとして、たぶんいまの時代には戸籍もないだろうとか。問題は山積みだ。

とりあえず……貴司もはじめて知ったのだが、小町御前人形は千代の神域への出入り口であるのと同時に、水神との連絡ツールにも使えるらしい。千代は生身になったせいで依り代から神域に入ることはできないものの、声だけなら水乃となんとかやりとりできた。雑音だらけなうえ、聞こえてくるのはほとんど罵声《ばせい》だったが……親代山へ報告にのぼるのが明日になりそうだということろは、なんとか理解してもらえたのでほっとする。

そして千代が若返ったのは——そもそもそれが本来の姿であって、ずっと貴司が見てきた大人の千代さんのほうが、労働用の仮の姿だったのだと。

「母さんの長電話はなかなか終わらないよ。今日明日のところは旅館のお客様もいないそうだし……十九日だし」

「え?」

ぼそっとつけ足した言葉を聞き取ろうと、千代が耳を近づけてくる。肌が透きとおっていて、耳朶《じだ》は貝殻のように桃色だ。襖の向こうに由美子がいるとはいえ貴司と二人きりのとき、どうしてこんなに無防備でいられるのか。

「わからないかな。僕があなたを探して親代神社にのぼったのは一か月前の十九日で——そして今日はその一か月後の、十九日だろう? つまり小町様の例祭で、奥座敷で夫婦が夜を過ごす日だよね」

「へ? でもあの、貴司くん。わたし、いま生身だから。神域には抜け殻しか残っていないみたいだし、もう神様ですっていばれるほどの力は、な……」

思いきって手を伸ばす。千代にとっても、依り代を通した体でいるときとは感覚が違うらしく、冷たい耳に触れただけでびくっと体を竦《すく》めた。

「千代さんは、千代さんだよ」

顔を見ると照れてしまうので、うつむいてくれたのはありがたい。貴司は千代の耳に顔を近づけ、囁《ささや》いた。

「神様でもいいし、そうじゃなくてもいい。でも、僕の奥さんだ。例祭にこだわるつもりもないんだけど、でもせっかく、昔から待ち遠しかった日でもあるから……今夜は、あなたと一緒に眠ってもいいよね？」

「でもまだ、水乃ちゃんやおやしろ様へのご挨拶《あいさつ》もしていないし」

「ご挨拶には明日行くから、そのとき僕たちが正式な夫婦になった報告もすればいいよ」

「じゃあの、貴司くんも、明日まで待っ……」

「待ちたいのはやまやまなんだけど、もう限界」

気持ちはじゅうぶん伝えたはずだし、祝言は終えているのだし、そもそも無防備すぎる千代が悪いと思う。貴司がさらに身を乗りだすと、千代はますます体を竦ませて顔を逸らした。耳が真っ赤なのは、諾のしるしと受けとりたい。火照《ほて》った耳に親指で触れて撫でおろし、畳に両膝をついて、白い指に手を重ねたとき。

コンコン。コンコンコンコンコン。

場違いに明るくガラス戸を叩く音と、愉快な声が和室じゅうに響いた。

「たーのもー、たーのもー！　貴司、千代、帰ってきたんだって？　オレ、オレオレ、早くここ開けて！」

「あ、甲介だ」

あからさまにほっとした物言いに傷ついたものの、貴司は一つ息をついて気を取り直してから、庭園に面した窓の障子《しょうじ》を開けた。相変わらず緑色の少年が、日の落ちた庭先に立っている。ガラス戸も開けると、甲介は「いいの？」と目を輝かせて広縁に入りこみ、いつもと違う姿の千代を見るなり笑いだした。

「えー、なに、おまえ、千代？　なにその見た目、おっもしろー。河童《かっぱ》釣りに来る人間どもとほとんど変わらねえじゃん！」

「だって生身の体ごと神域から出ちゃったんだもの。そんなに、おかしい？」

「おかしかないけど、オレが褒めたって仕方ないだろー。千代は貴司と一緒にいたくて外に出たんだろうし」

さらりと言われた千代の頬が、桜色に染まる。貴司はこの河童への友情の気持ちを新たにしたが、甲介は和室をきょろきょろと珍しそうに見まわしているだけだ。

「へー、ここが貴司の部屋か。奥座敷とあんまり変わらねえな」

「ここは僕の祖母の部屋だよ。ハワイが快適すぎて、しばらく帰ってこないらしいけど」

「直した小町人形っていうの、これ？　だいぶ声が遠くなったって、水神様がぼやいてたやつ。うわー、ひびだらけだしなんかはみ出してるし、これじゃあ神威だってほとんど集められないんじゃね？　どうすんの、千代」

甲介が、由美子の修繕した小町御前人形を手に取るなり、ひっくり返したり、着物をめくって覗きこんだりしはじめたので、千代は怒った顔で奪い返した。

「いいの、わたしはこれで。ゆみちゃんが可愛く直してくれたんだから、このままで気に入っているんだもん」

「でも小町御前に神威が集まらなきゃ、貴司が困るだろ。三澄荘なんてボロ旅館、守り神の力でもっていたようなもんなんだから、それがなくなりゃあっという間につぶれるぜ」

「そんなことないよ。ゆみちゃんだって貴司くんだっているし、わたしだってお手伝いするし」

「いまの千代、どう見たって守り神の力なんかほとんど残ってないじゃん。なけなしの神威を振り絞ったって、いままでに比べりゃあカスみたいなもんだろうし。オレの予想ではこの旅館は半年ともたない」

「えええっ……どうしよう」

千代は真っ青になって涙目だ。貴司としては納得するところも反論したいところもあったが、大事な奥さんをいじめられて黙ってはおけないので、さらりと口を挟んだ。

「そうか、残念だな。うちの旅館がつぶれたら、河童大明神に捧げるメロンを買う予算もなくなってしまう」

「へ？　いや、それは困るって」

甲介はあからさまに慌てだした。

「こないだこっそり河童釣りの看板にメロンの絵を描き足してみたらさ――なんかこう、せんべいみたいなの投げ込まれるようになっちまって、寺のやつにあっという間に消されちまったんだよ。オレのメロンの頼みの綱は貴司だけだ、頼む、旅館を守り通してくれ！」

「最善は尽くすから、甲介くんも千代さんを助けてあげてほしいな」

「一か月に一メロンだ。約束してくれるんなら、力を貸すぜ！」

「じゃあ契約成立ってことで」

貴司がさっさと甲介と握手してしまったので、千代はぽかんとしている。守り神の頭越しに河童と約束をしたのはまずかったろうかと不安になったが、そのことを本人に確かめる前に、電話を終えた由美子が戻ってきた。

「お待たせー。貴司、おばあちゃん元気だったわよ。千代ちゃんのこと話したらびっくりしてたわ。あんたたち、急に帰ってくるもんだからこんなメロンしかなかったんだけど、よかったら食べなさい」

慌てて千代が手伝いに立つ。由美子が大きなお盆にのせて運んできたのは、きれいに切って皿に盛った……メロンだ。甲介が目を皿のようにしてその薄緑色の果物に見入っているので、貴司は母親に耳打ちして訊《たず》ねた。

「母さん。このメロンって……冷蔵庫に入ってた？　皮に、齧《かじ》ったあととかなかった？」

「やっぱり。あんたが置いていったメロンでしょ？　皮に傷があるのに冷蔵庫に入れたままにしておいたら腐っちゃうから、カットして冷凍しといたのよ。いま味見したらけっこうアイスみたいでおいしかったわ。はいどうぞ、千代ちゃんと、そっちの子も」

配膳《はいぜん》はお手の物なので、座卓の上にぽんぽんと皿と麦茶を並べていく。貴司のぶん、千代のぶんの隣にごく自然にメロン皿を置いてしまってから、由美子はぱちぱちと瞬きして緑色の少年がいるあたりを凝視した。

「あれ？　いまあたし……誰にあげようとしていたんだったかしら」

「ゆみちゃんって、たまに見えるんだよね」

千代が嬉しそうに言い、貴司も頷く。河童少年は、まるで客人にするように自分の目の前に並べられた果物とお茶をまじまじと見ていたが、やがて思いきったようにフォークを手に取り、突きさして、口に運ぶ。一瞬の間のあと、

「うめ――――っっ！」

天井を仰いで、叫んだ。

「なにこれ、甘いしめっちゃ冷たいし、最高じゃん！　なんでそもそもオレのメロンなの

に分けちゃうんだよ、おばちゃん——……ああでも、今日は貴司と千代の生還祝いと、オレの契約祝いだったんだ。仕方ねえ、許す、食え！　小町御前と河童からのありがたいお下がりメロンだ、心して食えよ！」

「気前がいいね、甲介。じゃあわたしも、ご相伴《しょうばん》にあずかりまーす」

千代が両手を合わせてメロンに向かう。貴司はまだ首を傾げている由美子に「母さんもどうぞ」と自分のぶんを譲った。由美子はぽかんとしつつも、あれこれ話しかけてくる千代の勢いに押されて、それなりに楽しそうに会話が成立しはじめている。

夕食には、出前の寿司《すし》を取ろうかなんて言いだしたりして。

(甲介くんのぶんは、カッパ巻きを余分に取ったほうがいいんだろうか)

それともわさび抜き？　考えながら麦茶をすすっている貴司の顔を、またもや千代が無防備に覗きこんだ。

「あれ？　貴司くんはメロン食べないの？」

いい加減に襲ってやりたい。物騒な気持ちを隠しながらなので、正直に答えてしまった。

「甘いものが苦手なんだよ。千代さんが食べさせてくれるなら、大丈夫かもしれないけど」

「そうなの？　じゃあ、どうぞ。あーん」

可愛らしい手で一口大に切ってから、フォークにのせて差しだされた冷凍メロン。

由美子と甲介ににやにや見られながら口を開けて、頬張ると……やはり鳥肌が立つほど甘かったものの、千代が食べさせてくれるならいくらでも食べられそうだった。

※この作品はフィクションです。実在の人物・団体・事件などにはいっさい関係ありません。

集英社オレンジ文庫をお買い上げいただき、ありがとうございます。
ご意見・ご感想をお待ちしております。

●あて先
〒101-8050　東京都千代田区一ツ橋2-5-10
集英社オレンジ文庫編集部 気付
倉世　春先生

おやしろ温泉の神様小町

六百年目の再々々々…婚

集英社
オレンジ文庫

2024年6月25日　第1刷発行

著　者　倉世　春
発行者　今井孝昭
発行所　株式会社集英社
〒101-8050東京都千代田区一ツ橋2-5-10
電話【編集部】03-3230-6352
【読者係】03-3230-6080
【販売部】03-3230-6393（書店専用）
印刷所　株式会社美松堂／中央精版印刷株式会社

ISBN 978-4-08-680564-3 C0193